# SAM BRACKEN

## I . LA FRONTIÈRE DU SILENCE

PHILIPPE
JARBINET

Glénat

## COLLECTION GRAFICA

**ADN**
*Rocco/Makyo/Toldac*
1. L'espèce temps

**Avel**
*Dufaux/Durieux*
1. Achevez les solitaires
2. Olivia
3. Le thème de Camille
4. Mort d'un traitre

**Le bateau feu**
*Gibelin/Heloret*
1. La fleur de sel
2. Ahez
3. Veillée d'armes
4. Le dernier pas

**Blackhills**
*Swolfs/Marc Renier*
1. La danse des fantômes
2. La voie du guerrier
3. La grande blessure

**Black Mary**
*Chauvel/Fages*
1. Quartier des ombres
2. Le jour des oiseaux
3. Guignols

**Bluehope**
*Rochebrune/Meirinho*
1. April
2.Couleur charbon

**Le Boche**
*Bardet/Stalner*
1. L'enfant de paille
2. Zigzags
3. Entre la chair et l'os
4. Le cheval bleu
5. Dans la peau d'un neutre
Intégrale tomes 1 à 5
6. Nuit de Chine…
*Bardet/Boutel*
7. La route mandarine
8. La Fée Brune
9. L'affaire Sirben

**Coma**
*Steven Dupré*
1. Vincent
2. Dana

**Cuervos**
*Marazano/Durand*
1. Le contrat

**Les Corruptibles**
*Pendanx/Brezault*
1. Bonne arrivée Patron !
2.Zig zag

**La Dernière Fée du Pays d'Arvor**
*Arnoux/Michaud*
1. Folianne
2. Ombreux

**Les Derniers jours de la Géhenne**
*Ruellan/Ersel*
1. Quéribus

**Eva Medusa**
*Segura/Miralles*
Intégrale tomes 1 à 3

**Fulù**
*Trillo/Risso*
1. Le mauvais sort
2. La danse des Dieux
3. Dans l'ombre du désir
4. La mer, la liberté
5. La source de vie

**Gregor Kyralina**
*Makyo/Méral*
1. Amour empoisonné

**Le Goulag**
*Dimitri*
13. Krampon l'imputrescible
14. Danse avec les fous
15. www.loubianka.com

**Hariti**
*Szalewa/Ryser*
1. Un ventre aride
2. Le fruit de nos entrailles

**Histoires d'en ville**
*Berlion*
1. Rochecardon I : Alfonso
2. Rochecardon II : Karima
3. Rochecardon III : Ange

**L'Homme qui rit**
*De Felipe*

**Incantations**
*Derrien/Van Liemt*
1. Louise

**Ikar**
*Makyo/Follet*
1. Le petit prince barbare
2. La machine à arrêter la guerre
• Coffret T.2 + album de crayonnés

**Les Immortels**
*Desberg/Reculé*
1. Le Tombeau de l'ange
2. La volonté du mal
3. La passion selon Nahel

**Le jeu de pourpre**
*Makyo/Rocco*
1. Le rêve partagé
2. Le corps dispersé
3. La mort donnée
4. Le temple reconstruit

**Labyrinthes**
*Le Tendre/Dieter/Pendanx*
1. Le dieu qui souffre
2. La mort en marche !
3. Agwe Wedo
4. Les maîtres de l'Agartha

**Le lièvre de mars**
*Cothias/Parras*
Tomes 1 à 7
Intégrale Tomes 1 à 4
*Cothias/R.M. Guéra*
Tome 8
Tome 9

**Loranne**
*Dieter/Nicaise*
1. Clover
2. California Dream
3. Frisco

**Les Maîtres de l'orge**
*Van Hamme/Vallès*
1. Charles, 1854
2. Margrit, 1886
3. Adrien, 1917
4. Noël, 1932
• Coffret tomes 1 à 4
5. Julienne, 1950
6. Jay, 1973
7. Frank, 1997
8. Les Steenfort
• Coffret tomes 5 à 8
Intégrale tomes 1 à 4
Intégrale tomes 5 à 8

**Malienda**
*Bihel/Mosdi/Josset*
1. Mori-Dunonn
2. Djouce
3. Aifé

**Matador**
*Jakupi/Labiano*
1. Lune Gitane
2. La part du feu
3. L'orgueilleux
Intégrale tomes 1 à 3

**Neige**
*Convard/Gine*
1. Les brumes aveugles
2. La mort corbeau
3. L'aube rouge
4. Intermezzo
5. Il diavolo
Intégrale tomes 1 à 5
6. Le Pisse-Dieu
7. Les 3 crimes de Judas
8. La brèche
9. La chanson du muet
10. A l'ombre de l'Acacia
Intégrale tomes 6 à 10
11. Petites nouvelles de l'extérieur
12. Banal holocauste

**Neptune**
*Delitte*
1. À la conquête d'un rêve

**Névé**
*Dieter/Lepage*
1. Bleu regard
2. Vert Solèy
3. Rouge Passion
4. Blanc Népal
5. Noirs Désirs
Intégrale tomes 1 à 5

**Nova Genesis**
*Boisserie/Chabert*
1. Denver

**Nuit blanche**
*Yann/Neuray*
1. Les spectres du Tsar
2. Le rossignol de Koursk
3. Agafia
4. Vladivostok

**5. Shangaï**

**Ombres**
*Dufaux/Rollin*
1. Le solitaire
2. Le solitaire 2
3. Le sablier 1
4. Le sablier 2
5. Le Crâne 1
6. Le Crâne 2

**L'Orfèvre**
*Warnauts/Raives*
1. La mort comme un piment
2. La maison sur la plage
3. K.O. sur ordonnance
• Coffret tome 3 + crayonnés
4. Le Bouddha de Jade

**Outlaw**
*Dieter/Fourquemin*
1. Jupons et corbillards
2. Barres à mine et coyotes roses
3. Cantinière et petits soldats

**Phenomenum**
*Kaminka//Védrines*
1. Opus O

**Pharaon**
*Duchâteau/Hulet*
1. Philtre pour l'enfer
2. Le cerveau de glace
3. L'incarnation de Seth
4. Promenade des Solitudes
5. Dossier anti
6. Des ombres sur le sable
7. Les feux de la mer
8. Le géant englouti

**Le Pithécanthrope dans la valise**
*Lamquet*
1. Le chirurgien Hollandais
2. Le coucher de la mariée

**Le pont dans la vase**
*Chomet/Chevillard*
1. L'anguille
2. Orlandus
3. Malocchio
4. Barthélémy

**Le Prince de la nuit**
*Swolfs*
1. Le chasseur
2. La lettre de l'inquisiteur
3. Pleine lune
4. Le journal de Maximilien
5. Elise
6. Retour à Ruhenberg
• Coffret tome 1 à 3
• Coffret tome 4 à 6

**Rebelle**
*Richelle/Beuriot*
1. Le bruit des bottes

**Res punica**
*J-M et S. Cosset*
1. Baal

**Le Roman de Malemort**
*Eric Stalner*
1. Sous les cendres de la lune
2. La porte de l'oubli
3. Le don du sang
4. Lorsque vient la nuit…
5. …s'envolent les chimères

**Sang-de-lune**
*Dufaux/Nicaise*
1. Sang-de-Lune
2. Sang-Marelle
3. Sang-désir
4. Rouge vent
5. Sang-délire
6. Lise et le boucher

**Santiag**
*Dufaux/Renaud*
1. Santiag
2. Le gardien de la nuit
3. Rouge… comme l'éternité
4. De l'autre côté du Rio
5. Le retour

**Slender Fungus**
*Ozanam/Laigle*
1. Al dente

**Tosca**
*Desberg/Vallès/Alluard*
1. L'âge du sang
2. Le choix d'Angelina
3. Dans le meilleur des mondes

**Le Troisième testament**
*Dorison/Alice*
1. Marc, ou le réveil du lion
2. Matthieu, ou le visage de l'ange
3. Luc, ou le souffle du taureau
4. Jean, ou le jour du corbeau

**Voleurs d'empires**
*Dufaux/Jamar*
1. Les voleurs d'Empires
2. Fleurs de peau
3. Un sale métier
4. Frappe-misère
5. Chat qui mord
6. La semaine sanglante
7. Derrière le masque
L'intégrale tomes 1 à 7

**Waldeck**
*Dellisse/Gioux*
1. Le jaguar éternel
2. L'idole aux yeux vides

EMBARQUEZ SUR **www.glenat.com**


Dépôt légal : novembre 2003
Achevé d'imprimer en France en novembre 2003 par Pollina s.a., 85400 Luçon - n° L91622

SUD DE L'ÎLE DE NOVAJA ZEML'A, RUSSIE SEPTENTRIONALE, SAMEDI 22 JUIN, 22H38.
DOUG DOUG DOUG DOUG DOUG DOUG DOUG
PLUS VITE! PLUS VITE!
LIEUTENANT IVANOV LA CARGAISON EST-ELLE À BORD ET EN SÛRETÉ?
OUI, COMMANDANT. ÉCOUTILLE VERROUILLÉE.
BIEN. TOUT LE MONDE À SON POSTE.
PROPULSION À VINGT-DEUX, ASSIETTE MOINS CINQ, PLONGÉE DANS UNE MINUTE TRENTE.
BIEN COMMANDANT.
BIENTÔT, SI TOUT SE DÉROULE COMME PRÉVU, NOUS SERONS RICHES...
DOUG DOUG DOUG DOUG
... TRÈS RICHES ...

1

DRUG ENFORCEMENT ADMINISTRATION : LA LUTTE ANTI-DROGUE AMÉRICAINE.

LIÈGE, QUELQUES HEURES PLUS TARD...
MAIS QU'EST-CE QU'IL FOUT, NOM D'UN CHIEN !?... IL DEVRAIT ÊTRE LÀ DEPUIS UNE HEURE !...
...ET EN PLUS, LA CLIM' EST EN PANNE !... BORDEL ! QUELLE NUIT DE MERDE !...
LDC-188 B
...MON VIEUX COLLINS, SI ÇA SE TROUVE, TU T'ES TAPÉ LA ROUTE POUR RIEN ! SANS COMPTER RAMIUS QUI DOIT NOUS ATTENDRE DANS SON JET PRÊT À DÉCOLLER...
...ALLEZ, BARNES, AMÈNE-MOI CE CD-ROM, QU'ON PUISSE LES...
!?
SORS DE TA BAGNOLE... TOUT DOUCEMENT...
DU... DU CALME, MON GARS !... JE SUIS FLIC. MA PLAQUE EST DANS MA POCHE. SI TU VEUX VÉRIFIER, TU PEUX LA PR...
TA GUEULE !
JE SAIS QUI TU ES ET QUI TU ATTENDS.
D'AILLEURS...
...LE VOICI QUI ARRIVE...
BARNES !?
C'EST PAS VRAI !!... NE ME DITES PAS QUE...
IL N'Y EST POUR RIEN, PAUVRE CON ! ON VOUS AVAIT MIS SUR ÉCOUTE !...
SORRY, MAN...
JOUONS CARTES SUR TABLE. J'AI UN DOSSIER ÉPAIS COMME UNE BRIQUE SUR VOTRE PATRON ! JE SUIS PRÊT À L'ÉCHANGER...
TON DOSSIER, ON L'A DÉJÀ RÉCUPÉRÉ. ET MAINTENANT ON A AUSSI LE CD. TU ES VRAIMENT À POIL...
!?... VOUS... VOUS N'ÊTES QU'UNE BANDE DE SALAUDS !
OUI MAIS MOI, JE SUIS DU BON CÔTÉ DU CANON !
...DE LA PART DE MONSIEUR KITTRELL...
NON ! FAIS PAS Ç...
PAW
3

C'EST RARE, DE NOS JOURS, LA CONSCIENCE PROFESSIONNELLE. MAIS À TROP EN AVOIR, VOILÀ OÙ ÇA MÈNE... QUELLE MISÈRE...
SAÜL! NON!...NE TIRE PAS! JE... JE PEUX TOUT T'EXPLIQUER!...
PAS LA PEINE, THÉO. JE SUIS TROP BÊTE POUR COMPRENDRE.
BANG
BANG
PRENDS-LUI LE CD...
EFFACE MES EMPREINTES DU BERETTA, METS-LE-LUI DANS LA MAIN ET FAIS-LUI TIRER UN COUP EN L'AIR...
BANG
BANG
MAINTENANT, ILS ONT TOUS LES DEUX DES TRACES DE POUDRE SUR LES MAINS. POUR LES LÉGISTES DU COIN, ILS SE SERONT ENTRE-TUÉS.
ON T'A DÉJÀ DIT QUE TU ÉTAIS TORDU ?
DANS NOTRE BOULOT, C'EST COMME ÇA QU'ON SURVIT.
LUNDI 24 JUIN, 11 H 16.
... C'EST EN PAGE SIX...
OO-AQI

4

VOUS AVEZ FOUILLÉ SA PIAULE DU SOL AU PLAFOND, JE SUPPOSE...
OUI. AUCUNE COPIE DU CD... MAIS SA COPINE A DISPARU. ON LA CHERCHE.
PAGE SIX...
LE SOIR
LIEGE
Règlement de compte à l'américaine
Dimanche matin, des promeneurs ont dé couvert les corps sans vie de deux hom mes sur une friche industrielle proche d la gare des Guillemins.
Selon l'expert du Parquet descendu sur les lieux, il semble que les deux hommes se soient entre-tués dans la nuit de samedi à dimanche, entre deux et trois heures du matin. Tous deux originaires de Bruxelles, ils n'étaient pourtant pas Belges mais Américains. L'un d'entre eux serait d'ailleurs un agent de la Drug Enforcement Administration, l'agence de lutte anti-drogue américaine. Les premières analyses scientifiques tendent à corroborer l'hypothèse selon laquelle les deux hommes se seraient simultanément tirés l'un sur l'autre. L'affaire a été confiée à la zone de police (B.)
PARFAIT. MAINTENANT, PERSONNE NE POURRA PLUS SE METTRE EN TRAVERS DE NOTRE ROUTE.
SVETLANA !... QUE DIRAIS-TU D'ALLER EN VILLE POUR FAIRE SUBIR LES DERNIERS OUTRAGES À MA CARTE DE CRÉDIT ?
...JE ME SENS D'HUMEUR DÉPENSIÈRE...
JE SUIS TOUTE À TOI, MON CHÉRI...
LUNDI 14 JUILLET, 10 h 35.
...LA TEMPÉRATURE À BRUXELLES EST DE 28° CELSIUS. BRITISH AIRWAYS VOUS SOUHAITE BON SÉJOUR ET VOUS REMERCIE DE VOTRE CONFIANCE ♫
BRITISH AIRWAYS
WIIIIIIIIIIIIIIIIII
LE VOILÀ... ALLONS L'ATTENDRE À LA SORTIE.
JE TE REMBOURSERAI LES FRAIS, SAM. TU PEUX ME CROIRE. DANS MA BRANCHE, JE SUIS LE MEILLEUR, TU SAIS...
JE SAIS, ALVIN. JE SAIS...
...MAIS JE SAIS AUSSI QUE TU ES LE MEILLEUR POUR TE FOURRER DANS LES PIRES EMMERDES !...
...ET JE NE SERAI PAS TOUJOURS LÀ POUR T'EN SORTIR ! ...
...
TU M'EN VEUX, HEIN, SAM ? JE VOIS BIEN QUE TU ES FÂCHÉ...
MAIS NON, JE NE SUIS PAS FÂCHÉ.
RENTAL
ARKING
A
5

JE ME DEMANDE SEULEMENT QUELLE CONNERIE TU VAS ENCORE INVENTER LA PROCHAINE FOIS QUE TU SERAS TOUT SEUL DERRIÈRE TON CLAVIER D'ORDINATEUR !...
JE... JE T'AI DIT QUE J'ALLAIS TE REMBOURSER, SAM... TU...
JE NE TE PARLE PAS D'ARGENT, CRÉTIN !...
...UN JOUR, C'EST TA PEAU QUE TU VAS RIS...
!?
SALUT, SAM ! ALORS, C'ÉTAIT BEAU L'AUSTRALIE ?...
RUSS !
M'EN PARLE PAS ! J'AI PASSÉ MA VIE AU TRIBUNAL. JE NE POURRAIS MÊME PAS TE DIRE S'IL Y A VRAIMENT DES KANGOUROUS !...
C'EST BIEN QUE TU SOIS LÀ...
AHEM !...
...SI JE SUIS DE TROP, DIS-LE-MOI, BRACKEN. JE PEUX RETOURNER AU BUREAU POUR ME PENDRE !
TU SAIS BIEN QUE JE GARDE TOUJOURS LE MEILLEUR POUR LA FIN...
BONJOUR, EVE...
ON TE DÉPOSE QUELQUE PART, ALVIN ?...
NON. JE VAIS PRENDRE UN TAXI. ENCORE MERCI, SAM. SANS TOI J'ÉTAIS CUIT !...
IL A PRIS COMBIEN, LE PETIT GÉNIE ?
SIX MOIS DE PRISON AVEC SURSIS ET DIX-MILLE DOLLARS D'AMENDE...
...CE N'EST PAS CHER PAYÉ POUR AVOIR PIRATÉ LE SYSTÈME INFORMATIQUE DU TRÉSOR AUSTRALIEN.
CLAP
SURTOUT QUE C'EST TOI QUI PAIES !...
PARLE-MOI D'AUTRE CHOSE, RUSS... TU ME DÉPRIMES...

QUOI DE NEUF, DEPUIS QUINZE JOURS ?
SYD RAINES A APPELÉ DE PARIS. IL VOUDRAIT T'INTERVIEWER SUR L'AFFAIRE D'ALVIN POUR SON ARTICLE DANS LE FINANCIAL TIMES. ET... AHEM !... RAMIUS VEUT TE VOIR...
N262
Zaventem-Centrum
Da Vinci
General Aviation
Brussel
Cargo
Ring
A201
SYD ATTENDRA. QUANT À RAMIUS, JE L'AI RAYÉ DE MA VIE, TU LE SAIS BIEN... CES DEUX SEMAINES DE PLAIDOIRIES M'ONT LESSIVÉ... LE TEMPS DE ME RASER ET JE SUIS PARTI...
REGARDE, SAM. JE L'AI ACHETÉ AVANT-HIER...
UCL St-Luc
Ring
Brussel
70
TON VIEUX RÊVE, HEIN ? UN AVION JUSTE À TOI...
COMBIEN ?
OO-EPH
27.000 EUROS, MOINS DE 1.000 HEURES DE VOL... UNE AFFAIRE, MÊME SI TOUTES MES ÉCONOMIES Y SONT PASSÉES...
ON NE VIT QU'UNE FOIS, EVE... IL FAUT TOUJOURS RÉALISER SES RÊVES.
MOI, JE SUIS À SEC...
ALVIN EST LIBRE, NON ? UN PHILANTHROPE COMME TOI DEVRAIT SE CONTENTER DE CE GENRE DE RÉCOMPENSE MORALE...
TU ESSAYES D'ÊTRE DRÔLE, RUSS ?...
IL FAUDRAIT SE DÉCIDER À LA REPEINDRE, CETTE FAÇADE...
LA PEINTURE, C'EST PAS MON TRUC !
Samuel BRACKEN
Russell SWANK
Eve Leffertz
AVOCATS
L'ÉCRITURE NON PLUS...
LA NOUVELLE PLAQUE VA ARRIVER.
RUSS, TU AS RÉCUPÉRÉ MA VOITURE AU GARAGE ?
ELLE T'ATTEND SUR LE PARKING.
JE M'EN VAIS. ON SE REVOIT LA SEMAINE PROCHAINE.
BYE, SAM !... NE TOMBE PAS À L'EAU. ON A BESOIN DE TOI ICI LUNDI À HUIT HEUR...
BANG
!?
SCHLANK
DZIIIIING
!?
C'EST QUOI, CE RAFFUT !?
C'EST RONNIE, LE PATRON DU «SWINGING TURTLE». À PREMIÈRE VUE, IL A UN GRAIN... ET UNE BATTE DE BASE-BALL !...

7

SHLING!
DZIIING
BONG
DZIIING
VOILÀ CE QUE J'EN FAIS, DE TA CAISSE, BRACKEN!
DES COPEAUX!
BANG
SHLANK
DES CONFETTIS!
...DE LA LIMAILLE!
ÇA T'APPRENDRA À BAISER MA FEMME, CONNARD!...
!?
HÈ, P'TIT MERDEUX!...'ME TOURNE PAS L'DOS!... HO! J'TE CAUSE!!... J'VIENS DE DÉMOLIR TA BAGNOLE ET C'EST TOUT C'QUE ÇA T'FAIT !?
C'EST PAS POSSIBLE! JE RÊVE ...
QUE VEUX-TU QUE JE TE DISE, RONNIE ?...
...CE N'EST PAS SUR MA VOITURE QUE TU T'ES DÉFOULÉ !...
...C'EST SUR CELLE DE PAULO, LE GÉRANT DE LA STATION-SERVICE...
FINA
TOTALFINA
Shop 24/24
TOTALFINA
...CECI DIT, JE PEUX TE COMPRENDRE. TOUTES CES JEEPS JAPONAISES SE RESSEMBLENT TELLEMENT!...UNE VRAIE MISÈRE POUR LES DISTRAITS DANS TON GENRE ...
...BON, C'EST PAS TOUT ÇA, MAIS J'AI PLUS DE MILLE BORNES À FAIRE JUSQU'À PORT CAMARGUE ET JE VOIS PAULO QUI ARRIVE...
!?
...JE VOUS LAISSE DISCUTER. ...
EMBRASSE CLAIRE DE MA PART.
BN-989
J'SUIS SÛR QUE T'AS UNE BONNE EXPLICATION, MON GARS...
AHEM!...JE... UNE MÉPRISE! C'EST UNE MÉPRISE! UNE TRAGIQUE MÉPRISE...
TRAGIQUE...
TRAGIQUE, C'EST LE MOT! DONNE-MOI TA BATTE...
M... MA... MA BATTE? M... MAIS... POURQUOI? ...
DONNE! ...
8

OÙ EN ÊTES-VOUS, MONSIEUR NELSON ?
SI CETTE CRÉATURE DAIGNAIT SORTIR SA MAIN DE MON PANTALON, JE POURRAIS VOUS EN PARLER, MONSIEUR KITTRELL ...
ALLEZ VOUS AMUSER DANS LA PISCINE, LES FILLES ...
VOUS DEVRIEZ VOUS SÉPARER DE CES ... FEMMES, MONSIEUR. LE SEIGNEUR VOIT VOTRE ÂME ET IL ...
JE VOUS PAIE POUR VOUS OCCUPER DE MES FINANCES, MONSIEUR NELSON. MON ÂME, JE M'EN CHARGE TOUT SEUL ...
LE MONTAGE FINANCIER EST PRÊT, MONSIEUR. DÈS QUE VOUS PRESSEREZ LA TOUCHE "ENVOI", LES 684 MILLIONS DE DOLLARS SERONT VIRÉS À VOTRE FOURNISSEUR. EN 24 HEURES, ILS AURONT TRANSITÉ PAR UN EMPILAGE DE 580 COMPTES DIFFÉRENTS ET EFFECTUÉ UNE TRENTAINE D'ALLERS ET RETOURS SUR PLUSIEURS MARCHÉS FINANCIERS EN UTILISANT LE RÉSEAU SWIFT.
...CE QUI RENDRA L'OPÉRATION INTRAÇABLE, C'EST ÇA ?
ABSOLUMENT.
DANS CE CAS, SI NOUS NE RISQUONS RIEN, DITES-MOI POURQUOI JE VOUS SENS INQUIET ...
C'EST QUE ... HUM! ... JE PERSISTE À CROIRE QUE VOUS AVEZ TORT DE MISER 95 % DE VOTRE CASH DANS UNE SEULE ET MÊME OPÉRATION, MONSIEUR KITTRELL. POUR MA PART, JE NE PEUX TOUT PRÉVOIR, ET ...
...ET CELA VOUS REND NERVEUX.
SACHANT QUE VOUS RÉGLEZ VOS PROBLÈMES DE PERSONNEL AVEC UN 9 MILLIMÈTRES PLUTÔT QU'AVEC UN CONCILIATEUR SOCIAL, JE SUIS EFFECTIVEMENT UN PEU TENDU ...
VOYEZ LE BON CÔTÉ DES CHOSES, MON VIEUX. JE VOUS FAIS ÉCONOMISER DES BOÎTES DE VIAGRA, NON ?
QUANT À MOI, JE VEUX PRENDRE MA RETRAITE. TOUS CEUX QUI POUVAIENT FAIRE ÉCHOUER CE DERNIER COUP SONT MORTS. PERSONNE NE PEUT PLUS SE METTRE EN TRAVERS DE NOTRE ROUTE.
PERSONNE !
MER MÉDITERRANÉE, MARDI 15 JUILLET.
SAM ? BRANKO RAMIUS A ENCORE APPELÉ ... TU NE PEUX PAS CONTINUER À L'IGNORER ...
TU PARIES ?
9

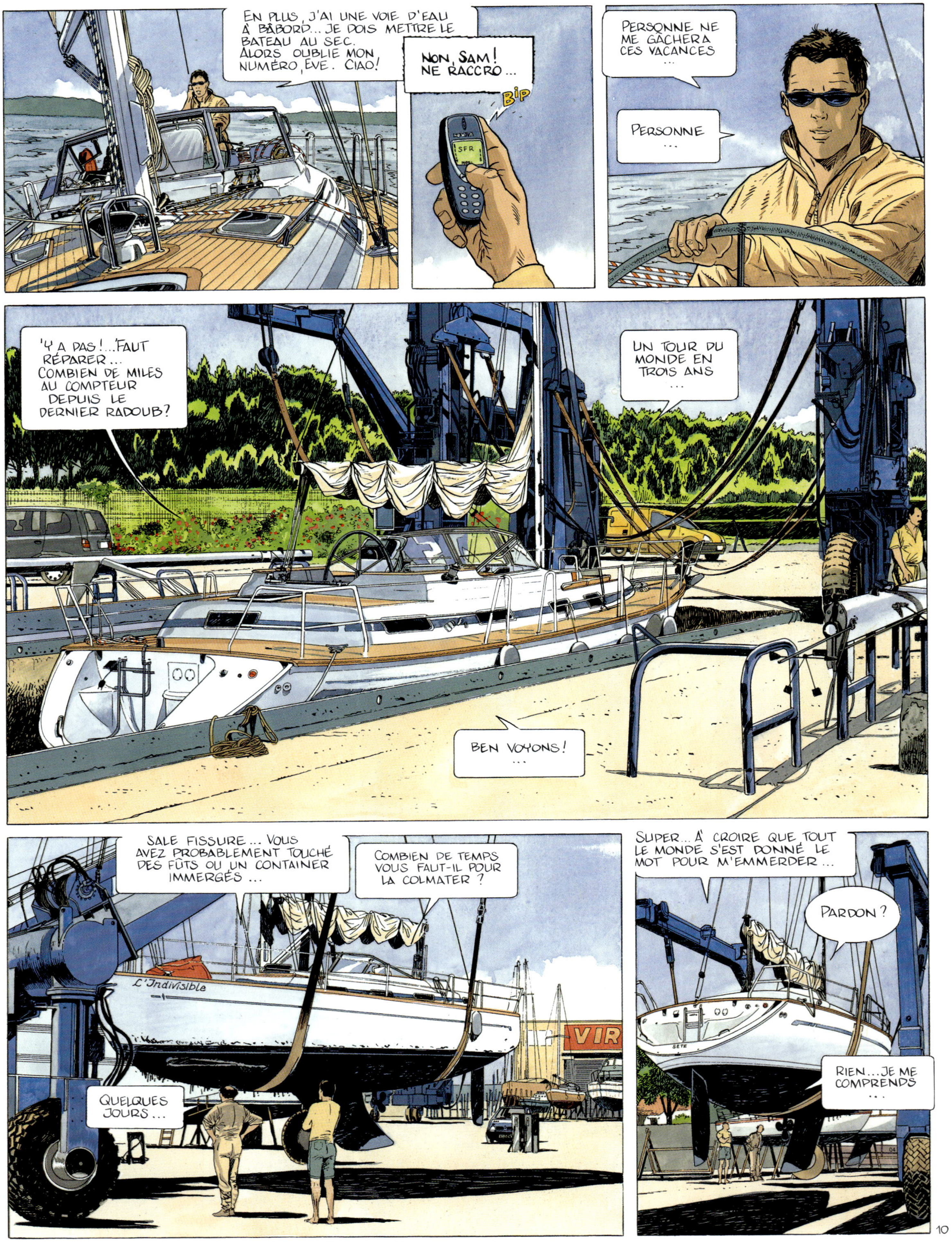
EN PLUS, J'AI UNE VOIE D'EAU À BÂBORD... JE DOIS METTRE LE BATEAU AU SEC. ALORS OUBLIE MON NUMÉRO, EVE. CIAO!
NON, SAM! NE RACCRO...
BIP
SFR
PERSONNE NE ME GÂCHERA CES VACANCES...
PERSONNE...
'Y A PAS!...'FAUT RÉPARER... COMBIEN DE MILES AU COMPTEUR DEPUIS LE DERNIER RADOUB?
UN TOUR DU MONDE EN TROIS ANS...
BEN VOYONS!...
SALE FISSURE... VOUS AVEZ PROBABLEMENT TOUCHÉ DES FÛTS OU UN CONTAINER IMMERGÉS...
COMBIEN DE TEMPS VOUS FAUT-IL POUR LA COLMATER?
QUELQUES JOURS...
L'Indivisible
VIR
SUPER... À CROIRE QUE TOUT LE MONDE S'EST DONNÉ LE MOT POUR M'EMMERDER...
PARDON?
RIEN... JE ME COMPRENDS...
SÈTE
10

LE SEUL AVANTAGE D'ÊTRE À QUAI, C'EST LE RAVITAILLEMENT !... UNE BONNE BOUTEILLE DE VIN, DU FROMAGE ET UNE GRAPPE DE RAISIN !... QUE DEMANDER DE PLUS POUR ÊTRE HEUREUX EN VACAN...
!?
!?
PARDON !... PARDON... JE... JE SUIS DÉSOLÉE ! JE NE VOUS AI PAS VU ! ...
MOI NON PLUS, RASSUREZ-VOUS ! IL N'Y A PAS DE MAL...
... J'AURAIS PU TOMBER...
VOUS AVEZ L'AIR EFFRAYÉE, JE ME TROMPE ?
JE... LÀ, DERRIÈRE VOUS... CET HOMME... IL ME POURSUIT ...
ZZZZZ KLIK
FZZZZZZZZ KLIK KLIK KLIK KLIK
HÉ, VOUS LÀ !... VOUS VOULEZ UN COUP DE MAIN ?!
HO! JE VOUS PARLE !!
!?
HA ÇA !? QU'EST-CE QUI LUI PREND ?
IL A FILÉ. À MON AVIS, VOUS EN ÊTES DÉBARRASSÉE.
SI VOUS SAVIEZ... ÇA DEVIENT INFERNAL !...
VENEZ... JE VOUS OFFRE UN VERRE. ÇA VOUS REMONTERA.
VOUS ÊTES TRÈS GENTIL... VRAIMENT... MAIS JE NE PEUX PAS... JE DOIS ÊTRE À NEW YORK DEMAIN SOIR ET IL ME RESTE UN TAS DE BAGAGES À FAIRE...
EXCUSEZ-MOI ENCORE POUR LES FRUITS ...
IL N'Y A PAS DE QUOI... TOMBER DANS LES POMMES EN VOYANT UNE AUSSI JOLIE FEMME, C'ÉTAIT VRAIMENT LA MOINDRE DES CHOSES...
WAOW !... LE RÂTEAU !... TU PERDS LA MAIN, SAM !... IL N'Y A PAS SI LONGTEMPS ...
UNE AUTRE FOIS, PEUT-ÊTRE ?
11

!?
VOILÀ, MONSIEUR... L'EMPLACEMENT NUMÉRO SEPT EST OCCUPÉ PAR "L'INDIVISIBLE", UN BAVARIA DE DOUZE MÈTRES APPARTENANT À UN CERTAIN MONSIEUR BRACKEN.
VOUS POUVEZ ME DONNER SES COORDONNÉES ? LE TOIT DE MA CAMIONNETTE A HEURTÉ SON ÉTRAVE... JE VOUDRAIS PRENDRE CONTACT AVEC LUI, VOUS COMPRENEZ ...
C'EST TOUT À VOTRE HONNEUR, MONSIEUR. SI TOUT LE MONDE ÉTAIT COMME VOUS, CE SERAIT LE BONHEUR SUR LA TERRE ...
JE NE VOUS LE FAIS PAS DIRE, MADAME. LE BONHEUR N'EST-IL PAS CE QUE NOUS CHERCHONS TOUS ?
UNE POCHETTE DE CEINTURE ...
ELLE A DÛ LA PERDRE EN ME PERCUTANT ...
ALORS, BELLE INCONNUE, QUELS INDICES LAISSEZ-VOUS DANS VOTRE SILLAGE ?
UN TUBE DE ROUGE À LÈVRES... UN SET DE MAQUILLAGE... DES TAMPONS... UN BON DE LIVRAISON ANONYME... ET PAS DE PAPIERS D'IDENTITÉ... MAIGRE BUTIN, SAM LE PIRATE ! ...
QUOI DE PLUS LOGIQUE ? AVEC LA CHANCE QUE J'AI DEPUIS DEUX JOURS...
TUUT TUUT TUU
OUI ?
SAM ? BRANKO RAMIUS.
QU'EST-CE QUE VOUS ME VOULEZ, BRANKO ?
JE SAIS QUE TU N'AS AUCUNE ENVIE DE ME PARLER, SAM, MAIS JE VEUX TE VOIR LE PLUS VITE POSSIBLE...
...C'EST AU SUJET DE LA DISPARITION DE LYNN. IL Y A PEUT-ÊTRE DU NOUVEAU ...
SI C'EST UNE PLAISANTERIE, ELLE EST DE TRÈS MAUVAIS GOÛT...
JE NE PLAISANTE JAMAIS, SAM...
MON AVION PRIVÉ T'ATTEND À L'AÉROPORT DE MONTPELLIER. ACCORDE-MOI LE BÉNÉFICE DU DOUTE ET PRENDS-LE... À TOUT À L'HEURE...
CLIC
ET MERDE !
12

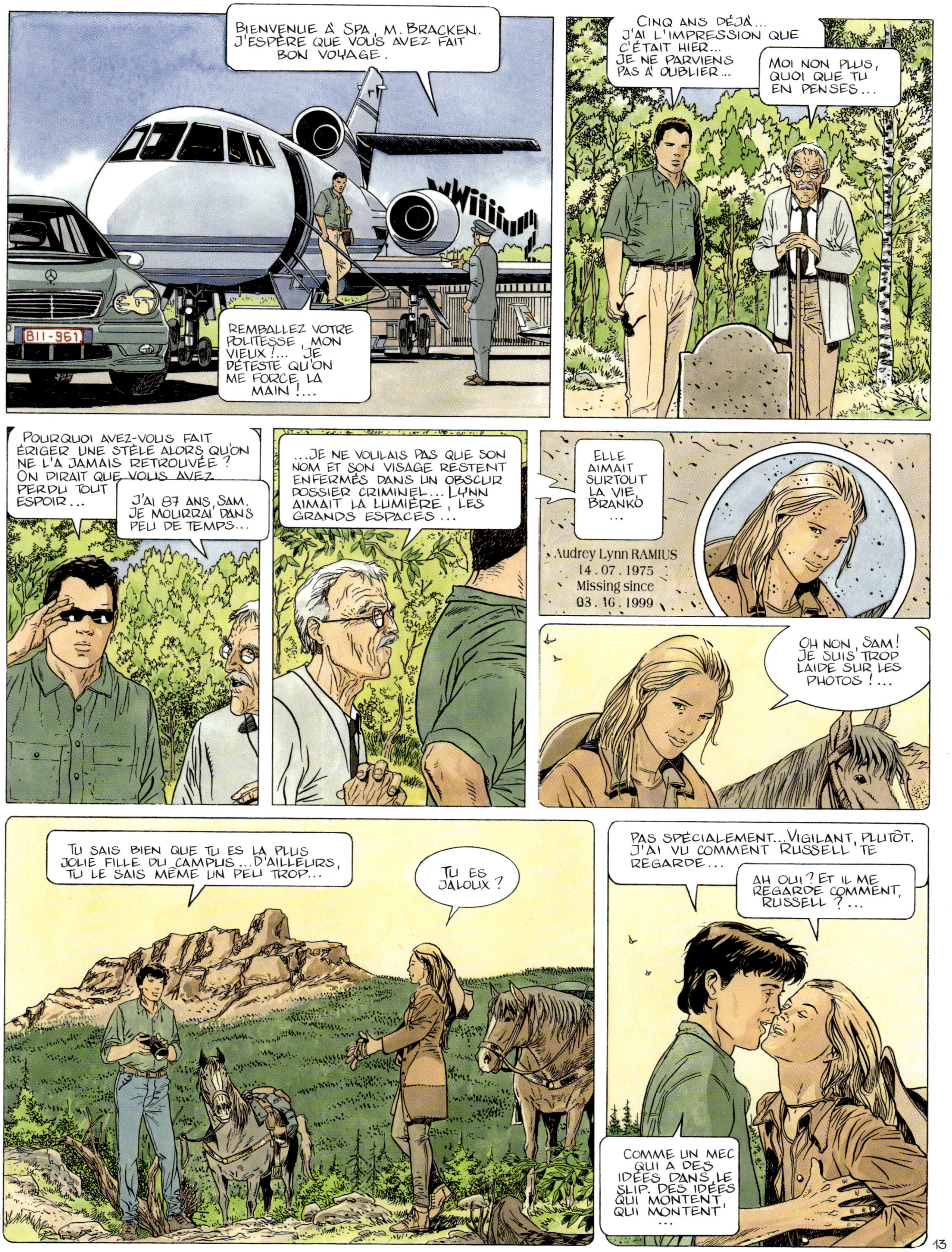
BIENVENUE À SPA, M. BRACKEN. J'ESPÈRE QUE VOUS AVEZ FAIT BON VOYAGE.
REMBALLEZ VOTRE POLITESSE, MON VIEUX !... JE DÉTESTE QU'ON ME FORCE LA MAIN !...
CINQ ANS DÉJÀ... J'AI L'IMPRESSION QUE C'ÉTAIT HIER... JE NE PARVIENS PAS À OUBLIER...
MOI NON PLUS, QUOI QUE TU EN PENSES...
POURQUOI AVEZ-VOUS FAIT ÉRIGER UNE STÈLE ALORS QU'ON NE L'A JAMAIS RETROUVÉE ? ON DIRAIT QUE VOUS AVEZ PERDU TOUT ESPOIR...
J'AI 87 ANS, SAM. JE MOURRAI DANS PEU DE TEMPS...
...JE NE VOULAIS PAS QUE SON NOM ET SON VISAGE RESTENT ENFERMÉS DANS UN OBSCUR DOSSIER CRIMINEL... LYNN AIMAIT LA LUMIÈRE, LES GRANDS ESPACES...
ELLE AIMAIT SURTOUT LA VIE, BRANKO...
Audrey Lynn RAMIUS
14.07.1975
Missing since
03.10.1999
OH NON, SAM ! JE SUIS TROP LAIDE SUR LES PHOTOS !...
TU SAIS BIEN QUE TU ES LA PLUS JOLIE FILLE DU CAMPUS... D'AILLEURS, TU LE SAIS MÊME UN PEU TROP...
TU ES JALOUX ?
PAS SPÉCIALEMENT... VIGILANT, PLUTÔT. J'AI VU COMMENT RUSSELL TE REGARDE...
AH OUI ? ET IL ME REGARDE COMMENT, RUSSELL ?...
COMME UN MEC QUI A DES IDÉES DANS LE SLIP. DES IDÉES QUI MONTENT, QUI MONTENT...
13

DES IDÉES COMME LES TIENNES, ALORS ...
SI TU CONTINUES SUR CE TERRAIN GLISSANT, ÇA VA MAL FINIR...
CHICHE ?
COMMENT ÇA, DE DRÔLES DE VACANCES ? LYNN, SAM ET MOI, ON FAIT ÇA DEPUIS DES ANNÉES. LES ROCHEUSES À CHEVAL, C'EST LE PIED TOTAL !
VOUS VOUS CONNAISSEZ DEPUIS LONGTEMPS, TOUS LES TROIS ?
DEPUIS L'ENFANCE. SAM ET LYNN, C'EST UNE HISTOIRE D'AMOUR QUI REMONTE LOIN. ILS ONT APPRIS À MARCHER ENSEMBLE, C'EST TOUT DIRE ! ...
ÇA EXISTE ENCORE, CE GENRE DE CONTE DE FÉES ?
LA PREUVE ! ...
MMHHH... RUSSELL ET EVE VONT S'INQUIÉTER ...
JE M'EN TAPE !
TU ES COMPLÈTEMENT FOU, SAM...
... C'EST SÛREMENT POUR ÇA QUE JE T'AIME...
TU ES TOUJOURS SÛRE DE VOULOIR RENTRER EN EUROPE À LA FIN DU MOIS ?
MON CONTRAT AU JOURNAL COMMENCE LE 3 SEPTEMBRE. J'ESPÈRE TRAVAILLER SUR UNE AFFAIRE INTÉRESSANTE.
JE VIENS PEUT-ÊTRE D'UNE FAMILLE FRIQUÉE, MAIS J'AI ENVIE DE GAGNER MA VIE TOUTE SEULE...
SOURIS MON AMOUR ...
TU ME REJOINS QUAND ?
KLIK
KLIK
JE SERAI À BRUXELLES LE 4 OCTOBRE. EN ATTENDANT, ESSAYE DE NE PAS M'OUBLIER ...
J'AURAI UNE SURPRISE POUR TOI...
UN SEUL JOUR ! SI J'ÉTAIS RENTRÉ UN SEUL JOUR PLUS TÔT, RIEN DE TOUT CELA NE SERAIT ARRIVÉ. ON SE SERAIT MARIÉS ET JE N'AURAIS LAISSÉ PERSONNE LUI FAIRE DU MAL !
JE SAIS QUE TU M'EN VEUX ENCORE POUR SA DISPARITION... MAIS MON DIEU, SAM, JE N'Y SUIS POUR RIEN !... QUAND DONC ME PARDONNERAS-TU ?
VOUS PARDONNER ?
14

15

°DRUG ENFORCEMENT ADMINISTRATION : LUTTE ANTI-DROGUE.

LA PREMIÈRE BALLE DE 9MM. A GLISSÉ SUR LA BOÎTE CRÂNIENNE. LA SECONDE A PÉNÉTRÉ DANS LE CERVEAU PAR L'OS PARIÉTAL DROIT POUR ALLER SE LOGER DANS L'AIRE DE BROCA.
OO-WIM
...COMME VOUS LE SAVEZ PEUT-ÊTRE, CETTE ZONE EST CELLE DE LA PAROLE. PAR MIRACLE, ELLE A FAIT PEU DE DÉGÂTS SUR SON PASSAGE... L'OPÉRATION A ÉTÉ LONGUE MAIS NOUS A PERMIS DE RÉSORBER LES HÉMORRAGIES.
BIP
BIP
BIP
BIP
BIP
...NÉANMOINS, IL SE POURRAIT FORT BIEN QUE MÊME S'IL SURVIT À CETTE TERRIBLE BLESSURE, M. BARNES NE PUISSE PLUS JAMAIS PARLER. JE SUIS DÉSOLÉ POUR CES MAUVAISES NOUVELLES...
VOUS AVEZ FAIT DE VOTRE MIEUX, DOCTEUR...
COLLINS AVAIT CONFIANCE EN BARNES. JE SUIS CERTAIN QU'ILS NE SE SONT PAS ENTRE-TUÉS. POUR MOI, C'EST UN COUP MONTÉ. LA QUESTION EST DONC: POUR LE COMPTE DE QUI ?
CEUX QUI ONT ENLEVÉ LYNN IL Y A CINQ ANS ?
SORTIE
3
PEUT-ÊTRE... MALHEUREUSEMENT POUR EUX, CE RUDE GAILLARD S'ACCROCHE À LA VIE... PAR CONTRE, S'IL MEURT, NOUS NE SAURONS JAMAIS CE QU'ELLE EST DEVENUE...
SI VOUS ME DISIEZ POURQUOI VOUS M'AVEZ ARRACHÉ À MES VACANCES COMME UNE SARDINE À SON HUILE...
Hôpital de la Citadelle
HIER, BARNES A ÉTÉ OFFICIELLEMENT INCULPÉ DU MEURTRE DE L'AGENT COLLINS. JE VOUDRAIS QUE TU ASSURES SA DÉFENSE...
!?
OÙ EST L'URGENCE ? CE TYPE EST DANS LE GAZ POUR UN BON MOMENT. S'IL EN SORT UN JOUR... SANS PARLER DU FAIT QUE VOUS AVEZ LES MOYENS DE VOUS OFFRIR LES MEILLEURS AVOCATS DU PAYS...
H CITADELLE
URGENCES
← AMBULANCES
CE N'EST PAS UNE QUESTION D'ARGENT...
DEMAIN, UN GRAND QUOTIDIEN VA RÉVÉLER QUE BARNES A SURVÉCU. CEUX QUI ONT TENTÉ DE L'ÉLIMINER POURRAIENT AVOIR ENVIE DE FINIR LEUR SALE BOULOT...
JE VOUS VOIS VENIR, BRANKO...
OO-WIM
16

L'AVENIR DE CE RUDE GAILLARD, COMME VOUS L'APPELEZ, VOUS VOUS EN COGNEZ !... EN FAIT, CE QUE VOUS VOULEZ, C'EST QUE J'AIE ACCÈS À SON DOSSIER CRIMINEL AU CAS OÙ LE DESTIN LE FERAIT TRÉBUCHER DANS UN CERCUEIL, HISTOIRE DE DÉGOTER UN DÉBUT DE PISTE QUI NOUS MÈNERAIT À LYNN. J'AI RAISON OU VOUS AVEZ TORT ?
AH, SAM ! ...
CE QUI ME PLAÎT CHEZ TOI, C'EST QUE DERRIÈRE TON AIR CYNIQUE, TU AS UN COEUR GROS COMME ÇA... ALORS, TU ACCEPTES ?
JE PEUX TOUJOURS ESSAYER... LE PROBLÈME, C'EST QUE QUE SUIS À PINCES ET QUE L'HÉLICO EST ASSEZ PEU PRATIQUE, SURTOUT EN VILLE...
JE T'AI FAIT AMENER UNE DE MES VOITURES, LE TEMPS DE RÉCUPÉRER LA TIENNE.
!? BONJOUR LA DISCRÉTION ...
ET LE DOSSIER BARNES ?
IL SERA SUR TON BUREAU DANS DEUX HEURES. APPELLE-MOI SI TU TROUVES QUELQUE CHOSE...
IL Y A DES JOURS, TU AS BEAU SURVEILLER LE POT DE VASELINE, TU TE FAIS QUAND MÊME BAISER !... « JE SUIS VIEUX, SAM ! JE VAIS BIENTÔT MOURIR, SAM ! PENSE À LYNN, SAM ! TOUT ÇA, C'EST PAS DE MA FAUTE, SAM ! »
LE VIEUX SAGOUIN ! TOUJOURS AUSSI MANIPULATEUR...
...MAIS IL A RAISON... SI LYNN ÉTAIT ENCORE EN VIE ? ...
BRUXELLES
KDE-572
TU AS LES RENSEIGNEMENTS QUE JE T'AI DEMANDÉS, GREG ? PARCE QUE LÀ, VOIS-TU, JE SUIS **TRÈS** CONTRARIÉ !... SI JE M'ÉCOUTAIS, J'ÉTRANGLERAIS CES INCAPABLES DE SAÜL ET JOSHUA DE MES PROPRES MAINS !
JE REVIENS DE LIÈGE, MONSIEUR ...
17

BARNES N'A PAS PARLÉ, M. KITTRELL ...
COMMENT PEUX-TU LE SAVOIR ? TU LIS DANS LE MARC DE CAFÉ ?
OUAIIIS... JOLI COUP !
MIEUX QUE ÇA. J'AI UNE COPIE DE SON DOSSIER MÉDICAL... TOUT Y EST !
DANS CE CAS, IL FAUT LE BUTER AVANT QU'IL SE METTE À CLAMER SON INNOCENCE. JE NE VEUX COURIR AUCUN RISQUE.
IMPOSSIBLE. IL A ÉTÉ TRANSFÉRÉ LA NUIT DERNIÈRE DANS UNE VRAIE PRISON. OR, NOUS IGNORONS LAQUELLE...
C'EST TRÈS GRAVE. BARNES SAIT BEAUCOUP DE CHOSES SUR L'OPÉRATION EN COURS. QUI EST SON AVOCAT, SI DU MOINS IL EN A UN ?
MERDE, C'EST UN GREEN POUR 4X4, MA PAROLE !
UN CERTAIN SAMUEL BRACKEN. 29 ANS, D'ORIGINE AMÉRICAINE, INSCRIT AU BARREAU DE BRUXELLES DEPUIS UN AN ET DEMI. IL A DEUX LICENCES EN POCHE : UNE EN DROIT LATIN OBTENUE EN BELGIQUE, L'AUTRE EN DROIT ANGLO-SAXON DÉCROCHÉE À STANFORD, SAN FRANCISCO. À PREMIÈRE VUE, UN TYPE PLUTÔT COMPÉTENT, MÊME S'IL MANQUE D'EXPÉRIENCE...
JE NE VOIS PAS CE QUI PEUT ÊTRE PLUS GÊNANT QUE DE SAVOIR CE SALOPARD DE BARNES VIVANT !
...MAIS CE N'EST PAS CELA QUI M'ENNUIE LE PLUS...
VOUS VOUS SOUVENEZ DE CETTE JOURNALISTE QUI EST VENUE FOURRER SON NEZ DANS NOS AFFAIRES, IL Y A CINQ ANS ?... C'EST SON GRAND-PÈRE, BRANKO RAMIUS, LE MAGNAT DU GIGANTESQUE GROUPE DE PRESSE OVERZONE, QUI A MANDATÉ CE BRACKEN POUR ASSURER LA DÉFENSE DE BARNES.
!?!
CETTE FILLE A ÉTÉ LIQUIDÉE, NON ? QUEL RAPPORT PEUT-IL BIEN Y AVOIR ENTRE CETTE VIEILLE AFFAIRE ET CELLE-CI ?
JE N'EN SAIS RIEN, M. KITTRELL. CE QUI EST SÛR, C'EST QU'IL DOIT Y EN AVOIR UN... ET C'EST BIEN CE QUI M'INQUIÈTE...
HOUPS ! RATÉ !
SHUT UP !
JE VEUX QUE DEUX DE NOS HOMMES COLLENT AUX BASQUES DE CET AVOCAT 24 HEURES SUR 24. METS-Y LES MOYENS TECHNIQUES QU'IL FAUT. ON DOIT POUVOIR ÊTRE CAPABLES DE LE CONTRÔLER S'IL VA TROP LOIN DANS SES RECHERCHES...
CE N'EST PAS LE MOMENT DE SE LAISSER EMMERDER PAR QUI QUE CE SOIT...


18

RUSS?... SAM À L'APPAREIL. EST-CE QUE TU PEUX PRENDRE RENDEZ-VOUS AVEC L'AMBASSADE AMÉRICAINE POUR LE DOSSIER BARNES? EVE Y PASSERA DEMAIN.
... DING DONG
JE TE LAISSE. ON SONNE À LA PORTE.
CIAO.
ÇA VA, J'ARRIVE !... PAS BESOIN DE S'EXCITER...
DING DONG
C'EST QUI, CETTE NANA ?
SON ASSOCIÉE. J'AI SA PHOTO SOUS LES YEUX. 28 ANS, UN MIOCHE, À MOITIÉ FRANÇAISE.
BELLE PLANTE !... IL S'EMMERDE PAS, L'AVOCAT.
'FALLAIT FINIR TES ÉTUDES, MON POTE.
TOI, TU AS CROISÉ LA ROUTE DE TON EX...
...ALORS, J'AI REFERMÉ LA PORTE MAIS IL L'A DÉFONCÉE À COUPS DE PIED ...JE NE L'AI JAMAIS VU AUSSI FURIEUX ...
...IL ÉTAIT SOÛL. IL VOULAIT EMMENER MARTIN DE FORCE.
OH SAM, SI TU SAVAIS COMME J'EN AI MARRE ! IL VA ME RENDRE FOLLE !...
CALME-TOI. JE VAIS VOUS PRÉPARER UN PETIT FRICHTI...
TAGLIATELLES AUX ASPERGES ARROSÉES D'UN BON BLANC DU FRIOUL. AU DESSERT, ORANGES CARAMÉLISÉES À L'ARMAGNAC. ÇA VA TE REQUINQUER.
...POUR EN REVENIR À BILLY, JE ME DEMANDE ENCORE CE QU'UNE FEMME COMME TOI A PU AIMER CHEZ UN FRONT BAS COMME LUI.
IL ÉTAIT GENTIL, ATTENTIONNÉ, IL ME FAISAIT RIRE... LA TOTALE, QUOI... ET PUIS, MARTIN EST NÉ...
MARTIN, C'EST TOUT MON BONHEUR ...
CE N'EST PAS UNE RAISON POUR TE LAISSER MARTELER LE PORTRAIT. DEMAIN, J'IRAI PARLER À CE CONNARD...
À TABLE ! ...
CE N'EST PAS UNE BONNE IDÉE, SAM. IL A UNE ARME DEPUIS QUELQUE TEMPS. IL EST TELLEMENT CON QU'IL EST CAPABLE DE S'EN SERVIR.
ON VERRA... MANGE, ÇA VA ÊTRE FROID.
TU VAS PRENDRE UN BAIN CHAUD ET DORMIR... MOI, JE VAIS METTRE MARTIN AU LIT. JE L'EMMÈNERAI À L'ÉCOLE DEMAIN MATIN...
NE BOUGE PAS... VOILÀ ...
PROMETS-MOI DE NE PAS ALLER CHEZ BILLY, SAM. PROMETS-LE...
19

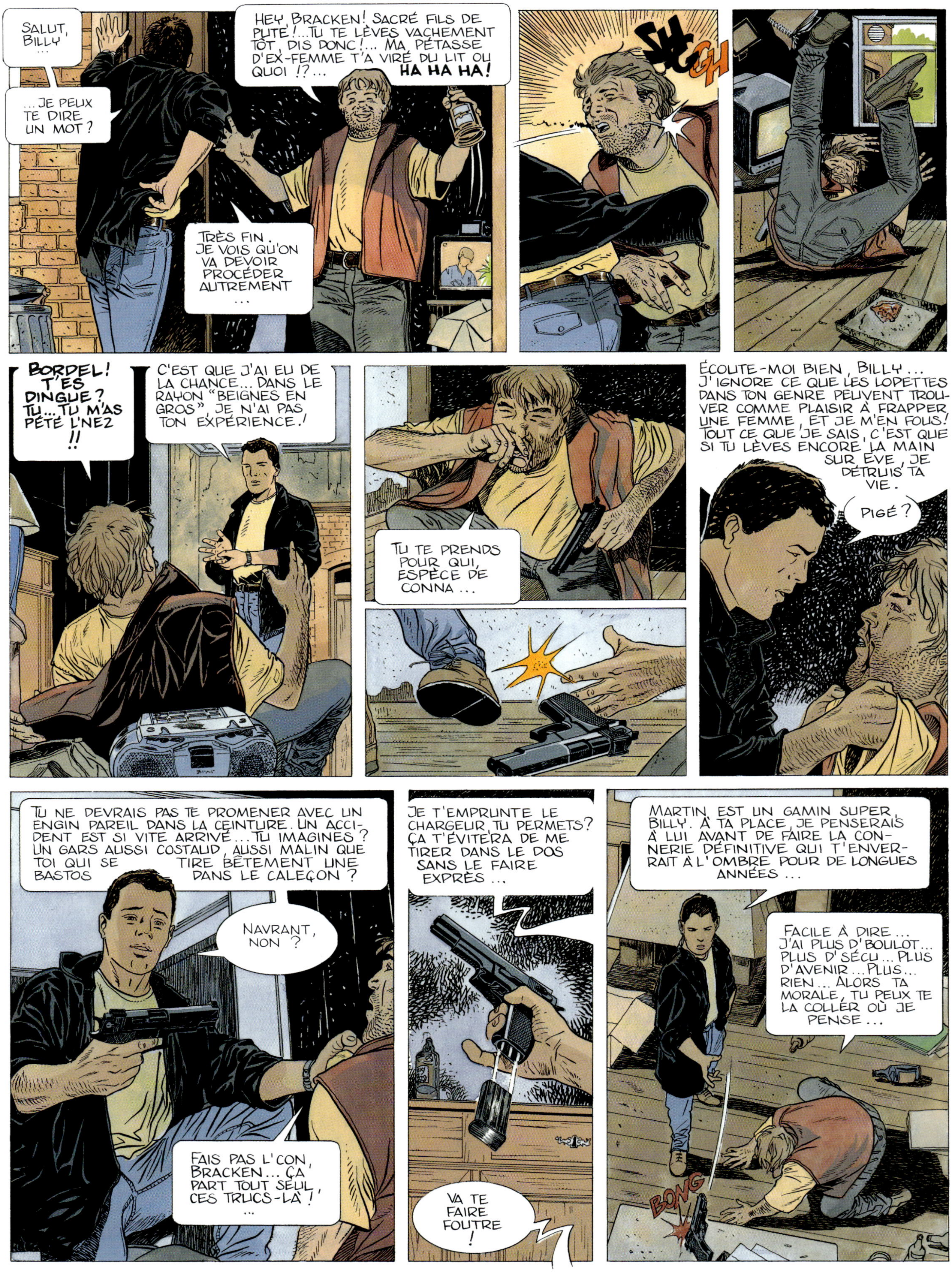
SALUT, BILLY ...
... JE PEUX TE DIRE UN MOT ?
HEY, BRACKEN ! SACRÉ FILS DE PUTE !... TU TE LÈVES VACHEMENT TÔT, DIS DONC !... MA PÉTASSE D'EX-FEMME T'A VIRÉ DU LIT OU QUOI !?... HA HA HA !
TRÈS FIN. JE VOIS QU'ON VA DEVOIR PROCÉDER AUTREMENT ...
SHGGH
BORDEL ! T'ES DINGUE ? TU... TU M'AS PÉTÉ L'NEZ !!
C'EST QUE J'AI EU DE LA CHANCE... DANS LE RAYON "BEIGNES EN GROS", JE N'AI PAS TON EXPÉRIENCE !
TU TE PRENDS POUR QUI, ESPÈCE DE CONNA ...
ÉCOUTE-MOI BIEN, BILLY ... J'IGNORE CE QUE LES LOPETTES DANS TON GENRE PEUVENT TROUVER COMME PLAISIR À FRAPPER UNE FEMME, ET JE M'EN FOUS ! TOUT CE QUE JE SAIS, C'EST QUE SI TU LÈVES ENCORE LA MAIN SUR ÈVE, JE DÉTRUIS TA VIE.
PIGÉ ?
TU NE DEVRAIS PAS TE PROMENER AVEC UN ENGIN PAREIL DANS LA CEINTURE. UN ACCIDENT EST SI VITE ARRIVÉ... TU IMAGINES ? UN GARS AUSSI COSTAUD, AUSSI MALIN QUE TOI QUI SE TIRE BÊTEMENT UNE BASTOS DANS LE CALEÇON ?
NAVRANT, NON ?
FAIS PAS L'CON, BRACKEN... ÇA PART TOUT SEUL, CES TRUCS-LÀ !...
JE T'EMPRUNTE LE CHARGEUR, TU PERMETS ? ÇA T'ÉVITERA DE ME TIRER DANS LE DOS SANS LE FAIRE EXPRÈS ...
VA TE FAIRE FOUTRE !
MARTIN EST UN GAMIN SUPER, BILLY. À TA PLACE, JE PENSERAIS À LUI AVANT DE FAIRE LA CONNERIE DÉFINITIVE QUI T'ENVERRAIT À L'OMBRE POUR DE LONGUES ANNÉES ...
FACILE À DIRE ... J'AI PLUS D'BOULOT... PLUS D'SÉCU... PLUS D'AVENIR... PLUS... RIEN... ALORS TA MORALE, TU PEUX TE LA COLLER OÙ JE PENSE ...
BONG
20

TU AS TON PERMIS "POIDS LOURDS", NON ? ALORS, TU VAS ALLER VOIR CE TYPE DE MA PART ET LUI FILER CE PETIT MOT. IL CHERCHE DES CHAUFFEURS ET ME DOIT UN SERVICE. ÇA TE PERMETTRA DE VOIR VENIR...
... EN ATTENDANT ...
...SI TU CROISES EVE, SOIS GENTIL AVEC ELLE. ELLE NE TE VEUT PAS DE MAL.
ÇA VA, ÇA VA ...
...UNE DERNIÈRE CHOSE, BILLY. CE N'EST PAS UNE QUESTION DE MORALE MAIS DE LIBRE-ARBITRE. SOIT TU CONTINUES À RAMPER DANS LA MERDE, SOIT TU TE RELÈVES POUR TE CONDUIRE COMME UN HOMME DIGNE DE CE NOM.
TOUT LE RESTE, C'EST DE LA LITTÉRATURE.
RUSSELL ? EVE. J'AI LE DOSSIER DE M. BARNES. [...] SI. JE L'AI LU EN DIAGONALE. [...] IL EST ARRIVÉ DE NEW-YORK DANS LES VALISES D'UN CERTAIN GAYRON KITTRELL. [...] JE N'EN SAIS RIEN. DEUX POLICIERS AMÉRICAINS ONT DEMANDÉ À ME VOIR. RÉSULTAT : JE POIREAUTE DEPUIS UNE HEURE.
...ALLEZ DÉJEÛNER SANS MOI. [...] CHEZ "GINO" ? O.K... JE VOUS REJOINDRAI SI ON ME LAISSE SORTIR EN VIE. LES AGENTS DE SÉCURITÉ ONT L'AIR D'AVOIR AVALÉ UN MANCHE À BALAI... [...] C'EST ÇA. CIAO.
C'EST VRAI, QUOI ! VOUS POURRIEZ ME REGARDER AUTREMENT, NON ?...
...J'AI L'IMPRESSION D'ÊTRE LA SOEUR DE BEN LADEN !...
TIP
VOUS POUVEZ ENTRER. M. CARUSO VOUS ATTEND.
JE SUIS ALLÉ VOIR BILLY... J'ESPÈRE QU'IL A COMPRIS...
ARTOIS
GINO
Panos
ON DEVRAIT LES DESCENDRE. ILS NOUS FONT COURRIR DES RISQUES INSENSÉS.
CALMOS, JOSHUA ! ON ATTEND LES ORDRES.
JAMES CARUSO, CHEF-ADJOINT DU DÉPARTEMENT EUROPE DU NORD À LA DEA. JE SUIS RAVI DE VOUS RENCONTRER, MADEMOISELLE LEFFERTZ. PERMETTEZ-MOI DE VOUS PRÉSENTER CHRIS NATHANSON, AGENT SPÉCIAL DU FBI AUPRÈS D'INTERPOL.
ENCHANTÉ.
IL DOIT Y AVOIR UN MALENTENDU, MESSIEURS. JE SUIS SIMPLEMENT VENUE CHERCHER DES RENSEIGNEMENTS SUR L'UN DE NOS CLIENTS, CITOYEN AMÉRICAIN.
THÉODORE J. BARNES, JE SAIS. C'EST PRÉCISÉMENT DE CELA QUE NOUS VOULONS VOUS PARLER, MADEMOISELLE.
MONSIEUR BARNES N'EST PAS LE SIMPLE DÉLINQUANT TEL QU'IL EST DÉCRIT DANS LE DOSSIER QUE VOUS A FOURNI LE DÉPARTEMENT D'ÉTAT.
AVEZ-VOUS DÉJÀ ENTENDU PARLER DU **CARTEL DES TROIS SŒURS** ?

JAMAIS ENTENDU PARLER...
VOULEZ-VOUS UNE TASSE DE CAFÉ OU DE THÉ ?
CE CARTEL EST CONSTITUÉ DE TROIS ORGANISATIONS CRIMINELLES BIEN DISTINCTES : CELLE D'UN CERTAIN GUÉNADY PANAMARENKO BASÉE À MOSCOU, CELLE FORMÉE PAR UN CONGLOMÉRAT DE YAKUSAS JAPONAISES, ET ENFIN CELLE DE L'HOMME QUI NOUS INTÉRESSE PLUS PARTICULIÈREMENT : GAYRON KITTRELL.
CES "TROIS SOEURS" SONT IMPLIQUÉES DANS TOUS LES TRAFICS POSSIBLES : TRAITE DES ÊTRES HUMAINS, PROSTITUTION, DROGUES, MATÉRIAUX NUCLÉAIRES, CONTREBANDE INTERNATIONALE ET BLANCHIMENT D'ARGENT SALE. ESTIMATION DU CHIFFRE D'AFFAIRES POUR L'ANNÉE DERNIÈRE : 12 MILLIARDS ET DEMI DE DOLLARS.
AVANT OU APRÈS IMPÔTS ?
!
...
JE PLAISANTE ...
MMH... COMME VOUS LE SAVEZ, DEPUIS LES ATTENTATS DU 11 SEPTEMBRE, LES PRINCIPALES DÉMOCRATIES SE SONT LANCÉES DANS UNE LUTTE À MORT CONTRE LES GROUPES TERRORISTES. OBJECTIF : DÉTRUIRE LEURS CIRCUITS DE FINANCEMENT ET LES EMPÊCHER PAR TOUS LES MOYENS DE SE PROCURER DES ARMES DE DESTRUCTION MASSIVE, QU'ELLES SOIENT CHIMIQUES, BACTÉRIOLOGIQUES OU NUCLÉAIRES...
OR, NOUS AVONS DE BONNES RAISONS DE PENSER QUE GAYRON KITTRELL VIENT DE FRANCHIR LA LIGNE ROUGE EN MONTANT UNE OPÉRATION QUI A PERMIS À L'UN DE CES GROUPES D'ENTRER EN POSSESSION DE DEUX OGIVES RUSSES. L'AGENCE INTERNATIONALE DE SÉCURITÉ NUCLÉAIRE S'OCCUPE DE CE DERNIER PROBLÈME... LE NÔTRE, C'EST DE METTRE FIN À LA CARRIÈRE DE KITTRELL.
FBI 7489-CE
KITTRELL
L'AGENT COLLINS TRAVAILLAIT SUR CETTE AFFAIRE. IL AVAIT MÊME RÉUSSI À AVOIR UN INFORMATEUR DE PREMIÈRE MAIN AU SEIN DU CLAN DE KITTRELL. L'ENNUI, C'EST QU'IL N'A JAMAIS ACCEPTÉ DE NOUS RÉVÉLER SON IDENTITÉ. NOUS NE L'AVONS CONNUE QUE QUELQUES HEURES AVANT LE DRAME... TROP TARD, HÉLAS...
ET C'ÉTAIT M. BARNES, JE SUPPOSE ...
!?
!?
VOUS LE SAVIEZ ?
JE SAIS QU'IL INFORMAIT COLLINS, PAS QU'IL TRAVAILLAIT POUR CE ... GAYRON KITTRELL... JE NE SAIS RIEN DE CE MONSIEUR, D'AILLEURS ...
VOICI SA PHOTO...
IL Y A TROIS ANS, KITTRELL A QUITTÉ LES ÉTATS-UNIS POUR VENIR S'INSTALLER EN BELGIQUE. DEPUIS, IL VIT PEINARD DANS LA BANLIEUE CHIC DE BRUXELLES AU MILIEU DES FONCTIONNAIRES EUROPÉENS. COMME IL EST MALIN ET QUE NOUS N'AVONS RIEN DE SÉRIEUX CONTRE LUI, IMPOSSIBLE DE DEMANDER AUX BELGES DE L'EXTRADER.
FBI 7489-CE
OÙ VOULEZ-VOUS EN VENIR, M. CARUSO ?
22

BARNES PEUT NOUS PERMETTRE DE COINCER SON PATRON. EN CHERCHANT UN PEU, NOUS AVONS DÉCOUVERT QU'IL ÉTAIT RECHERCHÉ POUR VOL PAR L'ÉTAT DU NEW-JERSEY. C'EST SON EXTRADITION À LUI QUE NOUS ALLONS DEMANDER.
...DE GRÂCE, NE NOUS METTEZ PAS DE BÂTONS DANS LES ROUES...
JE VOIS ...
L'USAGE VEUT QU'UN INCULPÉ SOIT JUGÉ EN PRIORITÉ DANS LE PAYS QUI L'A ARRÊTÉ POUR DES FAITS COMMIS SUR SON TERRITOIRE. C'EST UNE QUESTION DE DROIT...
MAIS CE N'EST QU'UN USAGE, VOUS LE DITES VOUS-MÊME...
JE CROIS QUE MAÎTRE BRACKEN, MON ASSOCIÉ, VA REFUSER VOTRE PROPOSITION. IL ATTEND QUE NOTRE CLIENT LUI RÉVÈLE CE QU'IL SAIT AU SUJET DE LA DISPARITION D'UNE JEUNE FEMME QUI LUI TIENT À COEUR.
KITTRELL EST UN FAUVE, MADEMOISELLE LEFFERTZ. S'IL PENSE QUE VOUS REPRÉSENTEZ UN DANGER POUR LUI, IL VOUS METTRA EN PIÈCES! SANS HÉSITER!... VOUS N'ÊTES PAS DE TAILLE À LUTTER CONTRE LUI... NI CONTRE NOUS, D'AILLEURS...
C'EST UNE MENACE ?
NON. UNE MISE EN GARDE, TOUT AU PLUS...
DANS CE CAS, JE VOUS EN ADRESSE UNE, MOI AUSSI : LAISSEZ-NOUS FAIRE NOTRE TRAVAIL. QUAND M. BARNES SERA SORTI DU COMA, NOUS EN SAURONS PLUS. PUIS-JE VOUS POSER UNE QUESTION, MESSIEURS ?
FAITES.
SI L'AGENT COLLINS AVAIT CONFIANCE EN VOUS, POURQUOI NE VOUS A-T-IL PAS CONFIÉ LA PROTECTION DE SON INFORMATEUR AU LIEU DE SOLLICITER BRANKO RAMIUS EN SECRET ?
NOUS ALLONS TOUT FAIRE POUR CONNAÎTRE LA VÉRITÉ SUR CETTE AFFAIRE ET PROUVER L'INNOCENCE DE THEODORE BARNES. LIBRE À VOUS, ENSUITE, DE LE FAIRE JUGER AUX ÉTATS-UNIS.
SUR CE, BONNE JOURNÉE, MESSIEURS.
QUELLE CONNE PRÉTENTIEUSE !
ELLE FAIT SON BOULOT, CHRIS. ET PLUTÔT BIEN ...
JE VAIS APPELER LE MINISTRE BELGE DE LA JUSTICE MAIS J'AI PEU D'ESPOIR. ON TROUVERA UNE AUTRE SOLUTION, CROYEZ-MOI...
FAITES AUSSI PLACER LEURS TÉLÉPHONES SUR ÉCOUTE, AU CAS OÙ...
23

ALLÔ?
LA FILLE SORT DE L'AMBASSADE. ELLE N'A RIEN VOULU ENTENDRE.
C'EST FÂCHEUX ...
QUE SAVENT-ILS EXACTEMENT ?
POUR L'INSTANT, PAS GRAND-CHOSE ... MAIS ÇA RISQUE DE NE PAS DURER SI BARNES S'EN SORT.
MMH... JE SENS QUE JE VAIS DEVOIR FAIRE PREUVE D'ARGUMENTS PLUS ... DISONS... PERCUTANTS.
JE SAIS QUE VOUS N'AIMEZ PAS CELA, MAIS JE N'AI PAS LE CHOIX . LES INTÉRÊTS EN JEU SONT COLOSSAUX. LA PITIÉ N'Y A PAS SA PLACE .
CHEZ GINO
RUSSELL VA MOURIR.
QU'EST-CE QUE TU RACONTES, LYNN ? JE L'AI VU CE MATIN AU COURS DE DROIT. IL VA TRÈS BIEN ! ...
ON VIENT DE LUI TROUVER UN ANÉVRISME AORTIQUE. LES MÉDECINS DISENT QU'IL DEVRAIT DÉJÀ ÊTRE MORT. C'EST UN MIRACLE QU'IL SOIT ENCORE LÀ ...
MAIS ÇA DOIT POUVOIR S'OPÉRER, ÇA ! ...
IL FAUT COMPTER 150.000 $. SON PÈRE A LIQUIDÉ SA COUVERTURE SOCIALE POUR PAYER SES ÉTUDES.
150.000 $ !? SALOPERIE !!
POURQUOI NE M'A-T-IL RIEN DIT ?
TU CONNAIS SA PUDEUR.
!? OÙ VAS-TU !?
FAIRE CE QUE JE PEUX FAIRE ...
JE SERAI DE RETOUR DANS TROIS JOURS ...
24

NAPA VALLEY, CALIFORNIE, 18 HEURES PLUS TARD...
SAM, MON PETIT!... QU'EST-CE QUI T'AMÈNE DE BELGIQUE ? L'ANNÉE SCOLAIRE N'EST PAS FINIE, QUE JE SACHE...
JE REPRENDS L'AVION POUR BRUXELLES DEMAIN À SEPT HEURES, GRAND-PÈRE.
CALISTOGA BRACKEN VINEYARDS
CALIFORNIA
JE SUIS VENU TE DEMANDER QUELQUE CHOSE DE TRÈS PARTICULIER... JE NE SAIS PAS SI JE PEUX...
JETTE TOUT CELA À L'EAU, ON REPÊCHERA CE QUI PEUT L'ÊTRE...
GRAND-PÈRE, EST-CE QUE TU COMPTAIS ME METTRE SUR TON... AHEM!... TON TESTAMENT...
!?
ON PEUT DIRE QUE TU ES DIRECT, SAM... HUM!... OUI JE T'Y AI MIS, COMME TOUS MES PETITS-ENFANTS...
POURQUOI? TU AS DES PROJETS COÛTEUX ?
JE VOUDRAIS QUE TU DÉDUISES 150.000 $ DE MA PART ET QUE TU ME LES DONNES CE SOIR...
CE SOIR !? MAZETTE !!
QU'EST-CE QUI SE PASSE? TU AS DES ENNUIS D'ARGENT? DES DETTES DE JEU ?
ON PEUT DIRE ÇA, OUI...
TU SAIS, SAM, JE TE CONNAIS MIEUX QUE TU LE CROIS. TU N'AS JAMAIS AIMÉ LE JEU, MAIS COMME JE T'AIME BEAUCOUP, JE VAIS FAIRE SEMBLANT DE TE CROIRE... VOICI L'ARGENT... J'ESPÈRE QU'IL TE SERA UTILE...
IL EST TARD. JE VAIS DORMIR...
PRENDS LA CHAMBRE DU FOND ET N'OUBLIE PAS DE FERMER LA LUMIÈRE EN ALLANT TE COUCHER...
MERCI GRAND-PÈRE...
SEYMOUR BRACKEN
BANK of the WEST
Samuel Bracken
Two Hundred Thousands US $
$ 200.000
Seymour Bracken


25

HO ! SAM ! TU RÊVES ?
SAM ?!
MMH ? HEIN !? QUOI ?
AH, RUSSELL, TU ES REVENU ...
AHEM !... NON, JE NE RÊVAIS PAS... JE ME SOUVENAIS SEULEMENT DU BON VIEUX TEMPS ...
QUAND ON VENAIT ICI AVEC NOS CONQUÊTES, JE PARIE ...
À PROPOS DE CONQUÊTES, VOICI UNE ASSIGNATION À COMPARAÎTRE. TON "POTE" RONNIE TE RÉCLAME DES DOMMAGES ET INTÉRÊTS POUR T'ÊTRE TAPÉ SA FEMME.
JE NE ME SUIS PAS "TAPÉ" CLAIRE, COMME TU DIS... SUR QUOI CET IMBÉCILE FONDE-T-IL SA PLAINTE ?
"DOMMAGES MORAUX ET SÉQUELLES PSYCHOLOGIQUES DUS À TON COMPORTEMENT INACCEPTABLE AVEC SON ÉPOUSE"... ET ACCESSOIREMENT LE REMBOURSEMENT DES FRAIS ENGAGÉS POUR FAIRE RÉPARER SES DENTS DE DEVANT SUITE À SA RENCONTRE AVEC PAULO, L'AUTRE MATIN...
C'ÉTAIT TRÈS BON, GINO. COMME TOUJOURS...
ON VERRA ÇA PLUS TARD. EN CE MOMENT, ON A D'AUTRES SOUCIS ...
VIENS, ON S'ARRACHE ...
JE SAIS À QUOI TU PENSES, SAM. TU TE FAIS DU MAL POUR RIEN. SI ÇA SE TROUVE, CE BARNES NE SAIT RIEN SUR LYNN. IL AURA LU LES JOURNAUX POUR OBTENIR L'AIDE DE RAMIUS ET ...
HOLÀ ! 'L'EST PRESSÉ CELUI-LÀ' !
!

26

KLAK
!?
À TERRE, RUSSELL !!
TAKTATATA TATATATAT
PING
DZZ!!!!!!ING
DZZZIIING
POLICE !... LÂCHEZ VOS ARMES !... C'EST UN ORDRE !...
RATATATA TATATT
TAKRTATATA TAKAT
HOW !
SAM ! LE FLINGUE !
DOK
PIOUUU
MERDE !! QU'EST-CE QU'ILS NOUS VEULENT, CES CONS !?
KLIK
RATATAT
BANG
BANG
DOONG
!?
HOW
BANG
ARATATA TATATAK
27

À TROIS, ON CHANGE DE BAGNOLE !... CELLE-CI N'AURA BIENTÔT PLUS DE TÔLE AUTOUR DES TROUS !...
PRÊT ?
TRATTATA
UN ...
DEUX ...
BANG
BANG
TR...
RATTATATTATA
BANG
ILS SE BARRENT !!
ÇA ALORS ! JE ...
LES FLICS ! SAUVÉS !
LÂCHEZ CETTE ARME !
HÉ LÀ !... DOUCEMENT ! NOUS SOMMES DU MÊME CÔTÉ !...
LES SEULS QUI SONT DU BON CÔTÉ, C'EST NOUS !... ALORS, À GENOUX !...
À GENOUX !!
POLICE
POLITIE
C'EST PAS VRAI !... J'HALLUCINE ! NON SEULEMENT ON NOUS TIRE DESSUS COMME SI LES BALLES ÉTAIENT GRATUITES, MAIS EN PLUS ON FINIT AU TROU !...
À TOUT PRENDRE, C'EST TOUT DE MÊME MIEUX QU'À LA MORGUE, NON ?
AH, TOI ET TON ÉTERNEL OPTIMISME ...
...JE VAIS FINIR PAR CROIRE QUE TES AÏEUX CHANTAIENT VRAIMENT DE JOIE DANS LES CHAMPS DE COTON !...
ET OUBLIER QUE LES TIENS CRACHAIENT LEURS POUMONS DANS LA MINE À LONGUEUR D'ANNÉE ?... TOUT ÇA POUR...
DEBOUT, LES MORTS ! ...
...ON VA ALLER PARLER DE TOUT ÇA DANS MON BUREAU. VOUS ALLEZ VOIR, LES CHAMPS DE COTON OU LA MINE, À CÔTÉ, C'EST LE PARADIS !...
28

BON SANG!... MAIS OÙ SONT-ILS? J'ESSAYE DE LES JOINDRE DEPUIS DES HEURES!...
ILS ONT PEUT-ÊTRE COUPÉ LEURS PORTABLES! TU CONNAIS LES MECS...
RUSSELL AVAIT PROMIS À MARTIN DE L'EMMENER À LA PISCINE. JE VAIS ENCORE AVOIR DROIT À UNE CRISE DE LARMES.
ILS IRONT DEMAIN. ARRÊTE DE TE TRACASSER ET OUBLIE UN PEU TOUS CES FOUTUS DOSSIERS!... ON NE VIT QU'UNE FOIS.
TU SAIS QUOI? ON VA RENTRER ET SE REGARDER UNE BONNE GROSSE DAUBE À LA TÉLÉ EN S'EMPIFFRANT DE CHIPS ET DE COCA!...
JE TE RAPPELLE QUE JE NE SUIS QU'À MOITIÉ AMÉRICAINE...
MAIS ÇA ME VA!
MER MÉDITERRANÉE, À TROIS MILES DES CÔTES FRANÇAISES. MÊME NUIT, 02 H 43.
CARGAISON TRANSBORDÉE, COMMANDANT!
BIEN! LE LIEUTENANT IVANOV VA SE JOINDRE À VOUS.
!?
CE N'ÉTAIT PAS PRÉVU...
MES SUPÉRIEURS SONT DES HOMMES MÉFIANTS... LE LIEUTENANT IVANOV DEVRA APPELER MOSCOU CHAQUE JOUR ET FOURNIR UN CODE SECRET POUR GARANTIR QUE TOUT SE DÉROULE COMME PRÉVU, ET CE JUSQU'AU PAIEMENT. SUIS-JE ASSEZ CLAIR?
COMME DE L'EAU DE ROCHE.
PLANQUEZ VOS FESSES À L'AVANT. JE NE VEUX PAS QUE VOUS TRAÎNIEZ DANS MES PATTES SI ON TOMBE SUR UNE VEDETTE DE LA MARINE NATIONALE.
VRKOOOOOOOAAARRRR
VROOOARR
29

LES VOILÀ !... TENEZ-VOUS PRÊTS ...
C'EST QUI, CE MEC ?
UN INVITÉ SURPRISE. TOUT EST O.K. DE TON CÔTÉ ?
LES ROUTES SONT SOUS CONTRÔLE DANS UN RAYON DE SIX KILOMÈTRES. LES FRÉQUENCES RADIO DE LA GENDARMERIE SONT SUR ÉCOUTE. EN CLAIR, AUCUNE AUTRE MAUVAISE SURPRISE À ATTENDRE ...
PARFAIT ! AU BOULOT ! ON CHARGE LES JEEPS !...
VRAOOOOM
FAIS RATISSER LA PLAGE... TOUTE TRACE DE NOTRE PASSAGE DOIT AVOIR DISPARU DANS UNE HEURE. MOI, JE M'OCCUPE DE CONVOYER LA MARCHANDISE EN LIEU SÛR.
PAS DE PROBLÈME. ON VOUS REJOINT À LA VILLA.
OÙ NOUS ALLER ?
TOI TROP CURIEUX, IVAN ...
VOUS SÛR QUE POUDRE ÊTRE EN SÉCURE ICI ?
PAS MOINS QUE DANS UN SOUS-MARIN RUSSE. MAIS RASSUREZ-VOUS ...
... ELLE EST STOCKÉE DANS UNE GROTTE NATURELLE SITUÉE SOUS LA PROPRIÉTÉ. RIEN NE PEUT LUI ARRIVER ...
VENEZ, JE DOIS TÉLÉPHONER MOI AUSSI ...
30

POLICE
QUAND JE PENSE QUE JE DEVRAIS ÊTRE EN VACANCES ...
AVEC LA BELLE JANE ARLINGTON, JE SUPPOSE...
QU'EST-CE QUE TU RACONTES ?
C'EST ÇA, PRENDS-MOI POUR UN CON.
!?!
C'EST PAS VRAI !! ...
LOVE
EXCLUSIF JANE ARLINGTON
JOHNNY ÉTERNUE EN PLEIN CONCERT
STAR'AC "TOUS DES CONS !"
SON NOUVEL AMOUR !
IL EST AMÉRICAIN ET AVOCAT ! SAM BRACKEN
UNE ROMANCE ÉMOUVANTE !
JULIA ROBERTS DIVORCE ! SCANDALE !
ELLE PORTAIT DES LUNETTES DE SOLEIL. JE NE L'AI PAS RECONNUE...
... QUEL SALOPARD, CE PHOTOGRAPHE !
EN ATTENDANT, TE VOILÀ CÉLÈBRE...
N'EXAGÈRE PAS. TOUT LE MONDE NE LIT PAS CE GENRE DE MAGAZI...
HO, LA VEDETTE !...
...VENEZ DANS MON BUREAU, QU'ON CAUSE UN PEU.
ÇA COMMENCE ...
COOL, SAM. IL VEUT PEUT-ÊTRE UN AUTOGRAPHE ...
UNE PATROUILLE AUTOROUTIÈRE VIENT DE TROUVER LE CADAVRE DU TYPE QUE VOUS AVEZ BLESSÉ. UNE BALLE EN PLEIN COEUR. JOLI CARTON. ÇA N'A PAS DÛ L'AIDER À RESPIRER.
JE N'AI FAIT QUE ME DÉFENDRE. VOUS L'AVEZ IDENTIFIÉ ?
SKANDER GANGAJ, 32 ANS. ALBANAIS ORIGINAIRE DE PRISTINA, DÉJÀ RECHERCHÉ POUR MEURTRE EN ALLEMAGNE. UN SACRÉ CLIENT, COMME VOUS POUVEZ LE VOIR...
WANTED BY INTERPO
GANGAJ, SKANDE
Sex: M
Date of birth: January 31
Pl. of birth: Pristina, K
Nat.: Albanian
Height: 1.82 m - 71.3 inch
Offenses: Trafficking in women and children, crim against women, murder, m attempts, robbery
Arrest Warrent Issued: BERLIN, Germany
PERSON MAY BE DANGEROUS
... VOUS AVEZ EU DE LA CHANCE, M. BRACKEN.
J'IGNORE DANS QUOI VOUS AVEZ MIS LES PIEDS, MESSIEURS, MAIS À MON AVIS, C'EST BRUN ET ÇA SENT PAS LA ROSE. CES GENS-LÀ SONT TOUT SAUF DES RIGOLOS !...
COMMISSAIRE JEAN-P KAIRIS
JE SUIS INCULPÉ POUR AVOIR TIRÉ SUR CET HOMME ?
CE SERA AU JUGE D'INSTRUCTION D'EN DÉCIDER. TOUT CE QUE JE PEUX VOUS DIRE, C'EST QUE LES JEUNES ALBANAISES QU'IL A MISES SUR LE TROTTOIR NE VONT PAS LE PLEURER.
...À PROPOS, LA FEMME POLICIER DONT VOUS AVEZ UTILISÉ L'ARME EST HORS DE DANGER.

VOUS N'AVEZ PAS UNE VAGUE IDÉE DES RAISONS QUI ONT POUSSÉ CE TYPE À VOULOIR NOUS ASSASSINER ?
ALLEZ SAVOIR CE QUI PEUT PASSER PAR LA TÊTE D'UN HUMANISTE DE CETTE TREMPE... TOUT CE QUE JE SAIS, C'EST CE QUI SE DIT DANS LE MILIEU. SA MEILLEURE GAGNEUSE, UNE CERTAINE ILEANA ANISSIEVNA, AURAIT DISPARU DEPUIS DES SEMAINES... GANGAJ ÉTAIT FOU DE RAGE ET VOULAIT LA LIQUIDER...
JE VOUS ARRÊTE, COMMISSAIRE... ENFIN, FAÇON DE PARLER...
POLITIE
POLICE
JE NE M'OCCUPE PAS DE DOSSIER DE PROSTITUTION EN CE MOMENT. DE PLUS, JE NE CONNAISSAIS PAS CE... GANGAJ !... CETTE HISTOIRE N'A AUCUN SENS !
ON VERRA... EN ATTENDANT QU'ON AIT SERRÉ SON COMPLICE, FAITES ATTENTION À VOS ARRIÈRES. IL POURRAIT AVOIR ENVIE DE TERMINER LE BOULOT. DIEU SEUL SAIT OÙ VA SE NICHER L'AMOUR DU TRAVAIL BIEN FAIT...
Child Focus 110
BRUX
JE VOUS APPELLE DÈS QUE J'AI DU NOUVEAU. D'ICI LÀ, PRENEZ UNE BONNE ASSURANCE-VIE. ELLE POURRAIT FAIRE DES HEUREUX...
JE PLAISANTE...
TRÈS DRÔLE...
...À PROPOS, TOUS MES VOEUX DE BONHEUR AVEC MLLE ARLINGTON ! J'AI BEAUCOUP AIMÉ SON DERNIER FILM ! BEAUCOUP !...
REELAX, BONHOMME...
PLUS D'UN CRIME PAR SEMAINE, CE SERAIT DE LA GOURMANDISE...
DÉPOSE-MOI À LA MAISON ET DIS À ÈVE QUE J'IRAI CHERCHER MARTIN À L'ÉCOLE. JE LUI AVAIS PROMIS DE L'EMMENER NAGER...
SORTIE
-1
HBN-983
BON DIEU, ÇA FAIT DU BIEN D'ÊTRE PROPRE !...
QUOI DE NEUF DEPUIS AVANT-HIER ?
J'AI PASSÉ MON TEMPS À ÉPLUCHER TOUS NOS DOSSIERS. JE N'AI RIEN TROUVÉ QUI PUISSE EXPLIQUER QU'ON AIT ESSAYÉ DE TE TUER. MÊME PAS UN AUTRE MARI JALOUX...
DU COURRIER IMPORTANT ? JE NE SAIS PAS, MOI... UNE GROSSE FACTURE, PAR EXEMPLE... OU UNE BONNE PETITE MISE EN DEMEURE, POURQUOI PAS ?
MIEUX ! UNE LETTRE D'INSULTES ?
QUE DALLE, CHER ASSOCIÉ ! QUE DU CLASSIQUE !
AH SI, IL Y A QUAND MÊME EU UN DRÔLE DE MAIL REÇU LA NUIT DERNIÈRE VERS 23H DEPUIS UN CYBER-CAFÉ DE LIÈGE.
JE L'AI IMPRIMÉ, AU CAS OÙ...
32

BRACKEN-SWANK-LEFFERTZ
De : cybercafé@potaulait.be
Envoyé : jeudi 17 juillet 23:52
A : bracken-swank@skynet.be
monsieur,
je avoir vu exploi à vous sur info tv. si vou vouloir savoir verite, vou à liège cette nui à 2h devan maison de ville avec bonnet ver sur tete. moi contacter vous.
I.A.
LE STYLE EST COMPACT. SANS FIORITURES... UN FRANÇAIS PLUTÔT APPROXIMATIF...
...SOIT ÇA VIENT DE QUELQU'UN QUI N'EST PAS D'ICI, SOIT D'UN DÉCÉRÉBRÉ QUI TCHATTE UN PEU TROP SUR LE NET...
« I.A. » ...
QUI ÇA PEUT BIEN ÊTRE ?
« I.A. »... « I.A. » AH ÇA...
POURTANT, J'AI L'IMPRESSION QUE ÇA ME DIT QUELQUE CH...
ILÉANA ANISSIEVNA !
CLAC
LA FILLE QUE CHERCHAIT CE GANGAJ !...
!?!
TU... TU NE VAS QUAND MÊME PAS ALLER À CE RENDEZ-VOUS !? SAM !?!
...SI ÇA SE TROUVE, C'EST UN PIÈGE GROSSIER !
TU AS MIEUX À PROPOSER ? JE SUIS DEVENU UNE CIBLE ET J'IGNORE POUR QUI. C'EST LOIN D'ÊTRE AMUSANT, CROIS-MOI !... ET PUIS MAINTENANT, J'AI UN ATOUT : JE SUIS PRÉVENU !
LA BELLE AFFAIRE !... TU N'AS MÊME PAS DE QUOI TE DÉFENDRE !
SALUT PAULO !... J'AI UN PETIT PROBLÈME... TU POURRAIS ME PRÊTER LE 9 MM. QUE TU GARDES SOUS TON COMPTOIR ?
SAM !
SHOP
FERME
MOTUL
SAM !! TU ES COMPLÈTEMENT FOU !... LAISSE CETTE ARME ICI !!... C'EST DANGEREUX !
SAM !!
N'OUBLIE PAS LE CHARGEUR, ÇA PEUT SERVIR...
EN TOUT CAS, NE COMPTE PAS SUR MOI POUR T'ACCOMPAGNER !!
TU AS VRAIMENT L'AIR CON AVEC TON BONNET VERT !
JE NE T'AI PAS FORCÉE À VENIR...
33

MON DIEU, SAM !... NOUS FAISONS DES CIBLES PARFAITES...
CALME-TOI UN PEU. ÇA NE SERT À RIEN DE PERDRE TON SANG-FR...
MONSIEUR BRACKEN ?
ILÉANA ANISSIEVNA ?
!?
... VOUS CONNAÎTRE MON NOM ?
...
...VOUS DIRE PLUS TARD. ICI DANGEREUX... VOUS ME SUIVRE...
... NOUS ALLER EN LIEU SÛR...
C'EST ICI QUE VOUS VIVEZ ?
MOI PAS BEAUCOUP ARGENT...
...MAIS JE ÊTRE TRÈS HEUREUSE QUE VOUS AVOIR TUÉ GANGAJ ! JE PLUS ÊTRE PROSTITUÉE POUR LUI... JAMAIS...
JAMAIS ! ...
SI VOUS ME RACONTIEZ CE QUI VOUS EST ARRIVÉ ?... JE POURRAIS PEUT-ÊTRE VOUS AIDER ...
C'EST RAISON POUR QUOI J'AI APPELÉ VOUS, M. BRACKEN ...
TOUT AVOIR COMMENCÉ QUAND JE RENCONTRE THÉO... ENFIN THÉODORE BARNES... QUE VOUS DÉFENDRE MAINTENANT...
!?
VOUS CONNAISSEZ BARNES ?...
NOUS TOMBÉS AMOUREUX IL Y A SIX MOIS... LUI M'AVOIR SORTIE DE RUE ET VOULOIR PARTIR AVEC MOI TRÈS LOIN...
MAIS NOUS PAS D'ARGENT...
...THÉO TRAVAILLER POUR GAYRON KITTRELL, BIG BOSS GROS TRAFIC DE DROGUE À BRUXELLES... ALORS, LUI A EU IDÉE VOLER DÉTAILS DE OPÉRATION EN COURS... BEAUCOUP D'ARGENT EN JEU... ÉNORME ...

34

THÉO AVOIR CONTACTÉ M. COLLINS, UN AGENT AMÉRICAIN QUE LUI AVOIR CONNU DANS PASSÉ, POUR FAIRE MARCHÉ : LUI NOUS DONNER NOUVELLES IDENTITÉS EN ÉCHANGE DE DISQUE AVEC DÉTAILS OPÉRATION. M. COLLINS VOULOIR ARRÊTER GAYRON KITTRELL DEPUIS LONGTEMPS...
EST-CE QUE THÉO S'EST VRAIMENT RENDU COMPTE DE CE QU'IL FAISAIT ?...
IDÉE DANGEREUSE, JE SAVOIR. MAIS NOUS PAS LE CHOIX... SI MAFIA ME RETROUVER, MOI MORTE !... VOUS COMPRENDRE ?
ADMETTONS... MAIS POURQUOI A-T-IL DEMANDÉ À L'AGENT COLLINS DE LUI ARRANGER UN RENDEZ-VOUS AVEC BRANKO RAMIUS ?
LE SAVEZ-VOUS, ILÉANA ?
ÇA GRAND SECRET DE THÉO ! LUI DIRE SAVOIR CE QUE DEVENUE SA PETITE-FILLE LYNN. THÉO VOULOIR DIRE LA VÉRITÉ À M. RAMIUS EN ÉCHANGE DE VOYAGE EN AVION TRÈS LOIN, TRÈS SECRET... POUR NOUS VIVRE LIBRES TOUJOURS.
À DÉFAUT D'ÊTRE MALIN, IL A LE SENS DU COMMERCE PLUTÔT DÉVELOPPÉ, VOTRE THÉO !...
QUE S'EST-IL PASSÉ LE SOIR OÙ IL A ÉTÉ BLESSÉ, ILÉANA ?
CALME-TOI, SAM...
MAIS **JE SUIS** CALME.
APRÈS AVOIR GRAVÉ DISQUE, THÉO VENU ME CHERCHER À LIÈGE POUR ALLER VOIR M. COLLINS. NORMALEMENT, NOUS ALLER ENSUITE LES TROIS À AÉRODROME DE SPA POUR THÉO DIRE SECRET À M. RAMIUS ET NOUS PARTIR DANS AVION...
JE ÊTRE SI HEUREUSE...
MAIS RIEN ALLER COMME PRÉVU !... TUEURS DE KITTRELL ÊTRE AUSSI AU RENDEZ-VOUS ET TIRER SUR THÉO ET M. COLLINS... ÇA ÉTÉ HORRIBLE !... MON COEUR PRESQUE S'ARRÊTER !...
BANG
BANG
JE SAIS QUE C'EST DIFFICILE POUR VOUS, ILÉANA, MAIS SI VOUS TÉMOIGNEZ, THÉO SERA INNOCENTÉ... VOUS SEREZ ENFIN LIBRES DE PARTIR OÙ VOUS VOUDREZ.
QUAND TUEURS PARTIS, JE PRÉCIPITÉ SUR THÉO ET VOIR LUI ENCORE VIVANT MALGRÉ TROUS DANS LA TÊTE. ALORS JE APPELÉ HÔPITAL...
VOILÀ... JE TOUT DIRE...
JE PLUS CROIRE EN JUSTICE, M. BRACKEN...
35

VOUS PAS CONNAÎTRE AMIS DE GANGAJ. POLICE PAS POUVOIR PROTÉGER NOUS APRÈS PROCÈS...
... MAIS JE AVOIR QUELQUE CHOSE POUR VOUS ...
...COPIE DU CD QUE THÉO ME DONNER AU CAS OÙ... VOUS PRENDRE ET UTILISER SI VOUS VOULOIR.
...JE PAS POUVOIR FAIRE PLUS...
C'EST DÉJÀ BEAUCOUP ...
ALORS VOUS AIDER NOUS, M. BRACKEN ?
JE VAIS TOUT FAIRE POUR SORTIR THÉO DE PRISON, ILEANA. SI DU MOINS IL SURVIT À SA BLESSURE... EN ATTENDANT, VOUS NE POUVEZ PAS RESTER ICI CET ENDROIT EST VRAIMENT INSALUBRE.
MOI PAS ARGENT, JE DIRE... MAIS JE PLUS JAMAIS FAIRE PASSES POUR EN GAGNER !... JE PRÉFÉRER RESTER ICI.
TENEZ, C'EST TOUT CE QUE J'AI SUR MOI... FAITES-EN CE QUE VOUS VOULEZ...
SURTOUT, NE VOUS MÉPRENEZ PAS SUR MON GESTE...
VOICI L'ADRESSE D'UN DE MES CONFRÈRES DE LIÈGE. JE VAIS LUI ENVOYER DE L'ARGENT. VOUS N'AUREZ QU'À ALLER LE RÉCUPÉRER CHEZ LUI.
POURQUOI VOUS FAIRE TOUT ÇA POUR NOUS ? THÉO ET MOI ÊTRE RIEN POUR VOUS...
TOUS LES MATINS, JE VOIS UN TYPE DANS LE MIROIR. JE FAIS DE MON MIEUX POUR NE PAS TROP LE DÉCEVOIR ...
A VENDRE
AVIS
FAITES ATTENTION À VOUS...
36

37

*C.O.S. : CHIEF OF STATION - RÉSIDENT DE LA C.I.A.

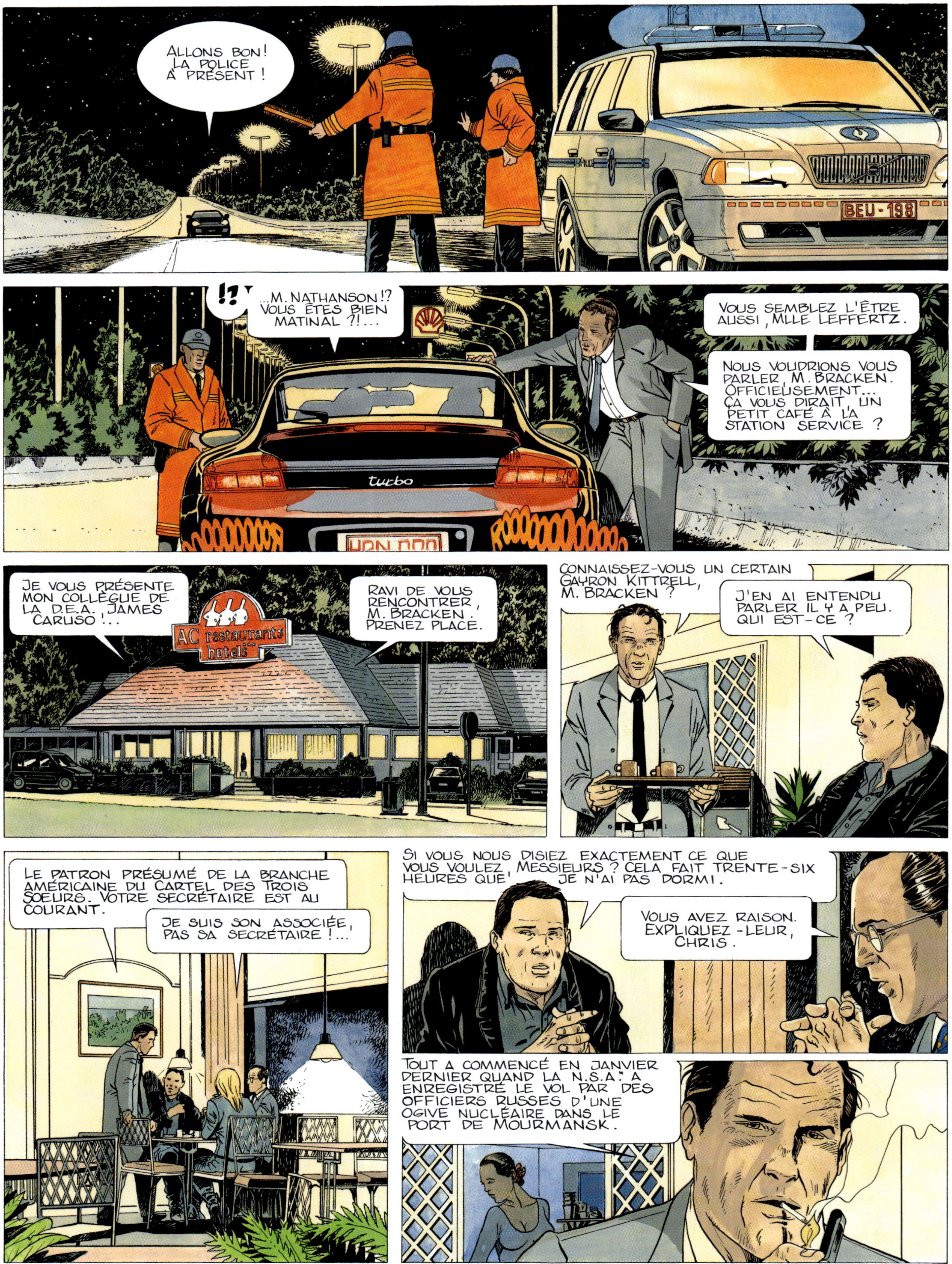
ALLONS BON! LA POLICE À PRÉSENT !
!?
...M. NATHANSON !? VOUS ÊTES BIEN MATINAL ?!...
VOUS SEMBLEZ L'ÊTRE AUSSI, MLLE LEFFERTZ.
NOUS VOUDRIONS VOUS PARLER, M. BRACKEN. OFFICIEUSEMENT... ÇA VOUS DIRAIT UN PETIT CAFÉ À LA STATION SERVICE ?
turbo
BEU-198
JE VOUS PRÉSENTE MON COLLÈGUE DE LA D.E.A., JAMES CARUSO !...
RAVI DE VOUS RENCONTRER, M. BRACKEN. PRENEZ PLACE.
AC restaurants hotels
CONNAISSEZ-VOUS UN CERTAIN GAYRON KITTRELL, M. BRACKEN ?
J'EN AI ENTENDU PARLER IL Y A PEU. QUI EST-CE ?
LE PATRON PRÉSUMÉ DE LA BRANCHE AMÉRICAINE DU CARTEL DES TROIS SOEURS. VOTRE SECRÉTAIRE EST AU COURANT.
JE SUIS SON ASSOCIÉE, PAS SA SECRÉTAIRE !...
SI VOUS NOUS DISIEZ EXACTEMENT CE QUE VOUS VOULEZ, MESSIEURS ? CELA FAIT TRENTE-SIX HEURES QUE JE N'AI PAS DORMI.
VOUS AVEZ RAISON. EXPLIQUEZ-LEUR, CHRIS.
TOUT A COMMENCÉ EN JANVIER DERNIER QUAND LA N.S.A.* A ENREGISTRÉ LE VOL PAR DES OFFICIERS RUSSES D'UNE OGIVE NUCLÉAIRE DANS LE PORT DE MOURMANSK.
38
*NATIONAL SECURITY AGENCY : "LES GRANDES OREILLES" DES U.S.A., BASÉES À FORT MEAD, MARYLAND.

39

*F.S.B. : FEDERAL'NAIA SLUZHBA BEZOPASNOSTI - LE SERVICE FÉDÉRAL DE SÉCURITÉ RUSSE.

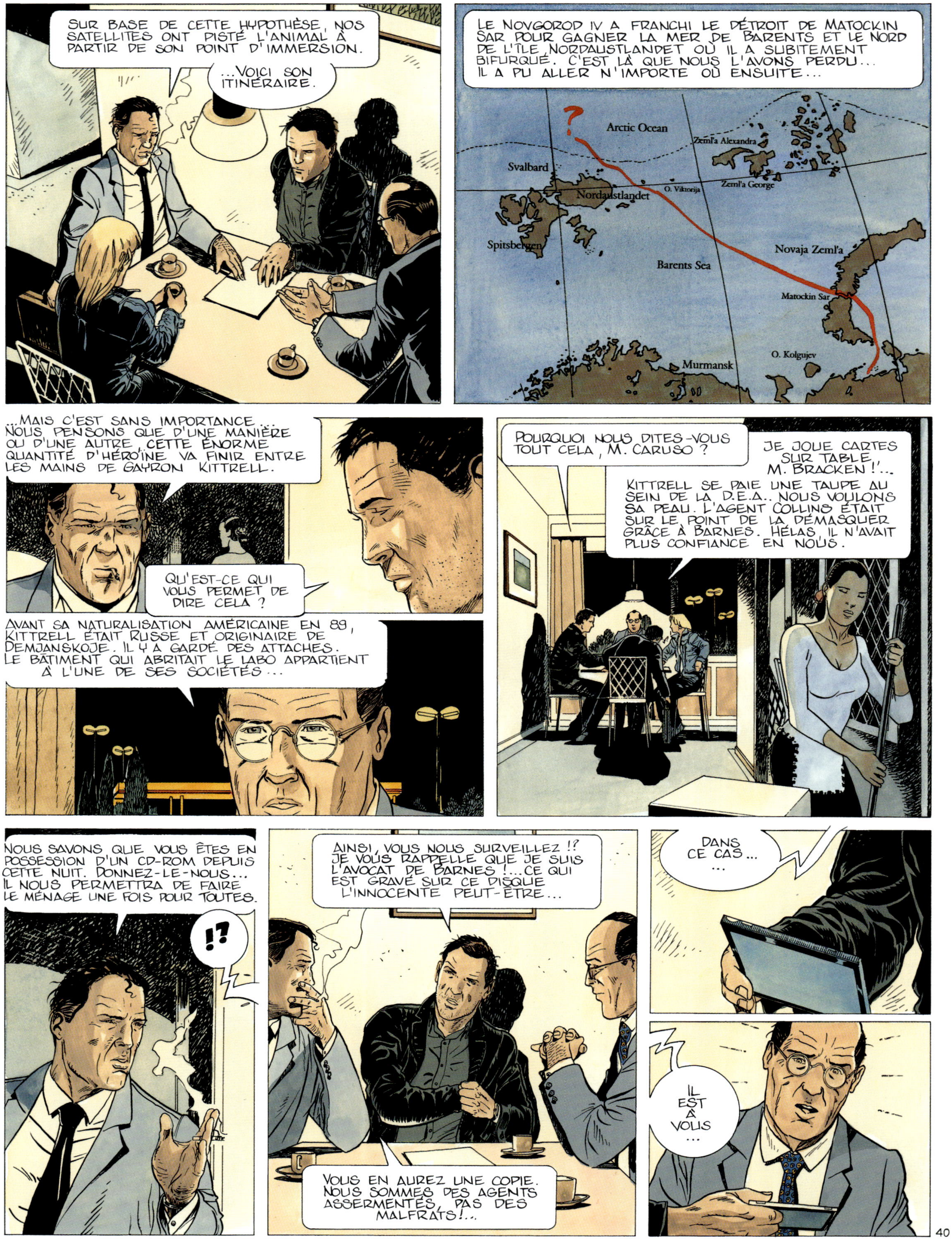
SUR BASE DE CETTE HYPOTHÈSE, NOS SATELLITES ONT PISTÉ L'ANIMAL À PARTIR DE SON POINT D'IMMERSION.
...VOICI SON ITINÉRAIRE.
LE NOVGOROD IV A FRANCHI LE DÉTROIT DE MATOCKIN SAR POUR GAGNER LA MER DE BARENTS ET LE NORD DE L'ÎLE NORDAUSTLANDET OÙ IL A SUBITEMENT BIFURQUÉ. C'EST LÀ QUE NOUS L'AVONS PERDU... IL A PU ALLER N'IMPORTE OÙ ENSUITE...
?
Arctic Ocean
Zeml'a Alexandra
Svalbard
Nordaustlandet
O. Viktorija
Zeml'a George
Spitsbergen
Novaja Zeml'a
Barents Sea
Matockin Sar
Murmansk
O. Kolgujev
...MAIS C'EST SANS IMPORTANCE... NOUS PENSONS QUE D'UNE MANIÈRE OU D'UNE AUTRE, CETTE ÉNORME QUANTITÉ D'HÉROÏNE VA FINIR ENTRE LES MAINS DE GAYRON KITTRELL.
QU'EST-CE QUI VOUS PERMET DE DIRE CELA ?
AVANT SA NATURALISATION AMÉRICAINE EN 89, KITTRELL ÉTAIT RUSSE ET ORIGINAIRE DE DEMJANSKOJE. IL Y A GARDÉ DES ATTACHES. LE BÂTIMENT QUI ABRITAIT LE LABO APPARTIENT À L'UNE DE SES SOCIÉTÉS...
POURQUOI NOUS DITES-VOUS TOUT CELA, M. CARUSO ?
JE JOUE CARTES SUR TABLE, M. BRACKEN !... KITTRELL SE PAIE UNE TAUPE AU SEIN DE LA D.E.A.. NOUS VOULONS SA PEAU. L'AGENT COLLINS ÉTAIT SUR LE POINT DE LA DÉMASQUER GRÂCE À BARNES. HÉLAS, IL N'AVAIT PLUS CONFIANCE EN NOUS.
NOUS SAVONS QUE VOUS ÊTES EN POSSESSION D'UN CD-ROM DEPUIS CETTE NUIT. DONNEZ-LE-NOUS... IL NOUS PERMETTRA DE FAIRE LE MÉNAGE UNE FOIS POUR TOUTES.
!?
AINSI, VOUS NOUS SURVEILLEZ !? JE VOUS RAPPELLE QUE JE SUIS L'AVOCAT DE BARNES !... CE QUI EST GRAVÉ SUR CE DISQUE L'INNOCENTE PEUT-ÊTRE...
VOUS EN AUREZ UNE COPIE. NOUS SOMMES DES AGENTS ASSERMENTÉS, PAS DES MALFRATS !...
DANS CE CAS... ...
IL EST À VOUS ...
40

!?
!?!
CARUSO!!
QU'EST-CE QUI VOUS PREND ?!
DÉSOLÉ, CHRIS. JE N'AI RIEN CONTRE VOUS MAIS JE N'AI PAS LE CHOIX !
!?
C'ÉTAIT PAS UN COUP DE FEU, ÇA !?
G-12
COURS, EVE! COURS !
BANG
BANG
HOLA!
N'ENTREZ PAS !!
BANG
BANG
BANG
BANG
BANG
TAK
W.C.
!?
EMMENEZ-NOUS! JE VOUS EN SUPPLIE !!
BANG
DÉCLENCHE LA CAMÉRA, IAN! IL Y A DU GRABUGE LÀ-DESSOUS!
41

!?
G-12
SUPER
BLEIFREI
DIESEL
BANG
BANG
BANG
!?
VLOU
KLONG
MEEEERDE !!
PRÉPARÉZ LES BROCHETTES !!...
... ON PASSE À TABLE !
© Police
G-12

42

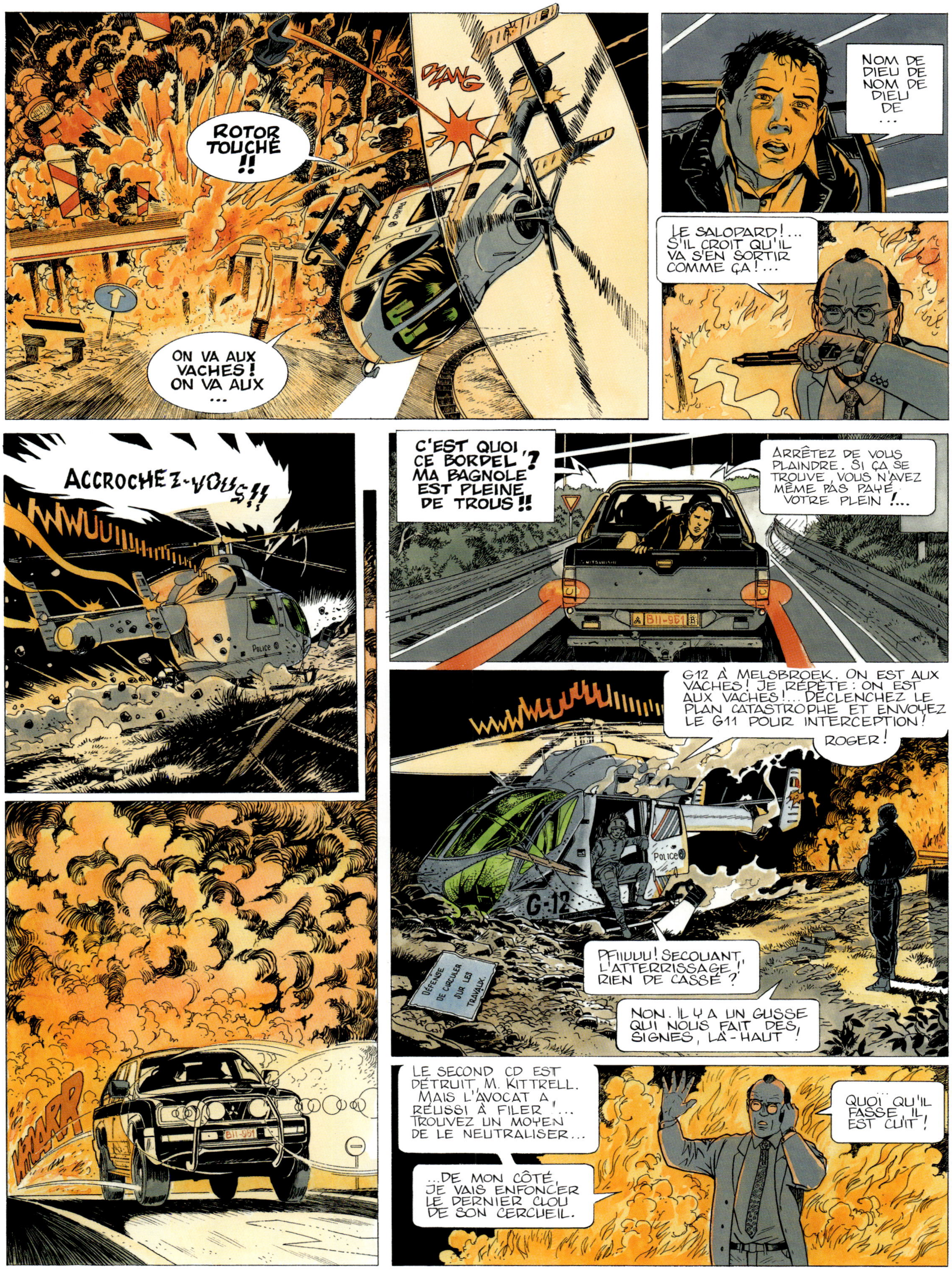
DZANG
ROTOR TOUCHÉ !!
ON VA AUX VACHES ! ON VA AUX ...
NOM DE DIEU DE NOM DE DIEU DE ...
LE SALOPARD !... S'IL CROIT QU'IL VA S'EN SORTIR COMME ÇA !...
ACCROCHEZ-VOUS !!
WWUUU
C'EST QUOI, CE BORDEL ? MA BAGNOLE EST PLEINE DE TROUS !!
ARRÊTEZ DE VOUS PLAINDRE. SI ÇA SE TROUVE, VOUS N'AVEZ MÊME PAS PAYÉ VOTRE PLEIN !...
POLICE
WWWUUUUU
G12 À MELSBROEK. ON EST AUX VACHES ! JE RÉPÈTE : ON EST AUX VACHES !... DÉCLENCHEZ LE PLAN CATASTROPHE ET ENVOYEZ LE G11 POUR INTERCEPTION !
ROGER !
G-12
PFIIUUU ! SECOUANT, L'ATTERRISSAGE ! RIEN DE CASSÉ ?
NON. IL Y A UN GUSSE QUI NOUS FAIT DES SIGNES, LÀ-HAUT !
DÉFENSE DE CIRCULER SUR LES TRAVAUX
LE SECOND CD EST DÉTRUIT, M. KITTRELL. MAIS L'AVOCAT A RÉUSSI À FILER !... TROUVEZ UN MOYEN DE LE NEUTRALISER...
...DE MON CÔTÉ, JE VAIS ENFONCER LE DERNIER CLOU DE SON CERCUEIL.
QUOI QU'IL FASSE, IL EST CUIT !

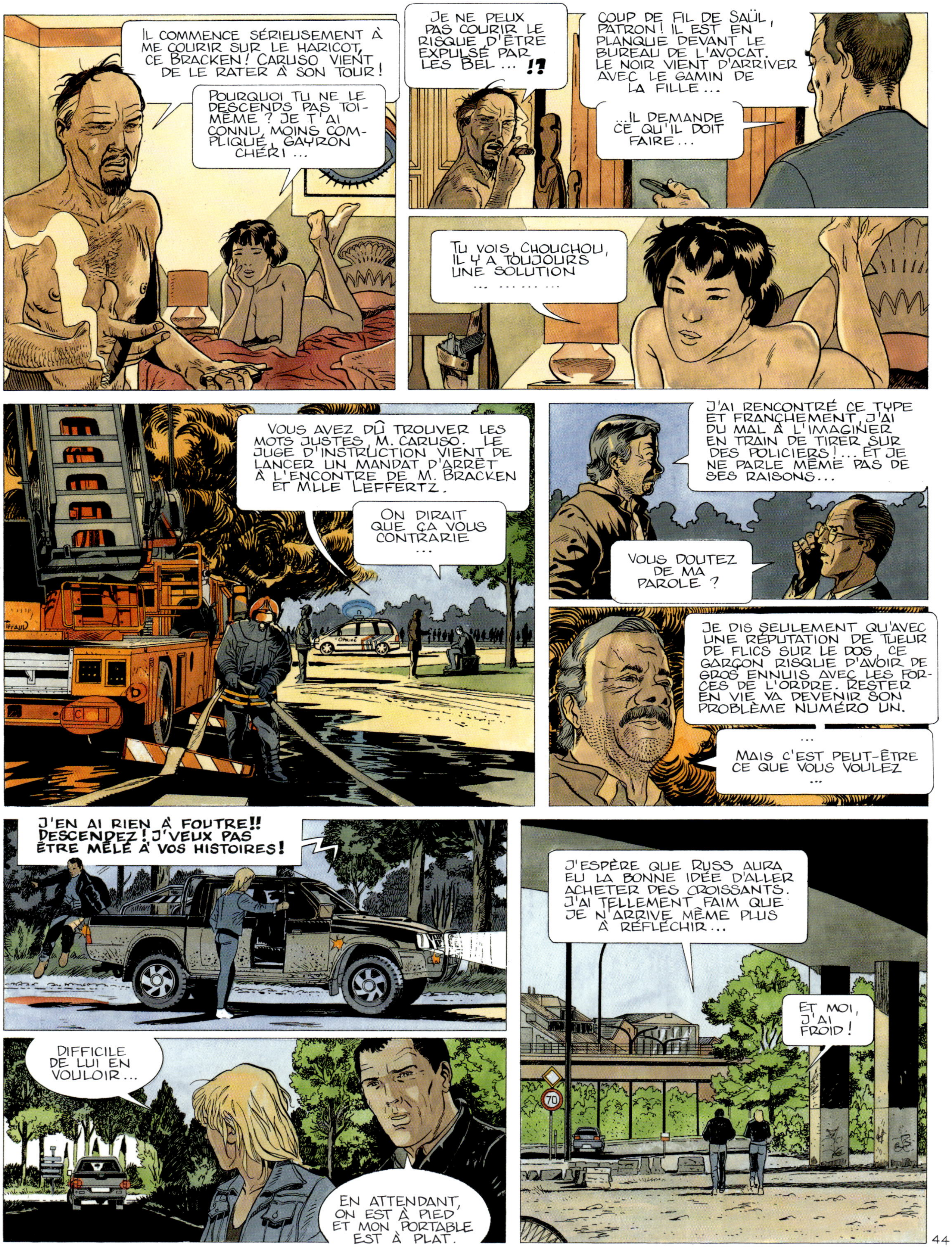
IL COMMENCE SÉRIEUSEMENT À ME COURIR SUR LE HARICOT, CE BRACKEN ! CARUSO VIENT DE LE RATER À SON TOUR !
POURQUOI TU NE LE DESCENDS PAS TOI-MÊME ? JE T'AI CONNU, MOINS COMPLIQUÉ, GAYRON CHÉRI ...
JE NE PEUX PAS COURIR LE RISQUE D'ÊTRE EXPULSÉ PAR LES BEL ... !?
COUP DE FIL DE SAÜL, PATRON ! IL EST EN PLANQUE DEVANT LE BUREAU DE L'AVOCAT. LE NOIR VIENT D'ARRIVER AVEC LE GAMIN DE LA FILLE ...
...IL DEMANDE CE QU'IL DOIT FAIRE ...
TU VOIS, CHOUCHOU, IL Y A TOUJOURS UNE SOLUTION ... ... ... ...
VOUS AVEZ DÛ TROUVER LES MOTS JUSTES, M. CARUSO. LE JUGE D'INSTRUCTION VIENT DE LANCER UN MANDAT D'ARRÊT À L'ENCONTRE DE M. BRACKEN ET MLLE LEFFERTZ.
ON DIRAIT QUE ÇA VOUS CONTRARIE ...
J'AI RENCONTRÉ CE TYPE ET FRANCHEMENT, J'AI DU MAL À L'IMAGINER EN TRAIN DE TIRER SUR DES POLICIERS ! ... ET JE NE PARLE MÊME PAS DE SES RAISONS ...
VOUS DOUTEZ DE MA PAROLE ?
JE DIS SEULEMENT QU'AVEC UNE RÉPUTATION DE TUEUR DE FLICS SUR LE DOS, CE GARÇON RISQUE D'AVOIR DE GROS ENNUIS AVEC LES FORCES DE L'ORDRE. RESTER EN VIE VA DEVENIR SON PROBLÈME NUMÉRO UN.
... MAIS C'EST PEUT-ÊTRE CE QUE VOUS VOULEZ ...
J'EN AI RIEN À FOUTRE !! DESCENDEZ ! J'VEUX PAS ÊTRE MÊLÉ À VOS HISTOIRES !
DIFFICILE DE LUI EN VOULOIR ...
EN ATTENDANT, ON EST À PIED ET MON PORTABLE EST À PLAT.
J'ESPÈRE QUE RUSS AURA EU LA BONNE IDÉE D'ALLER ACHETER DES CROISSANTS. J'AI TELLEMENT FAIM QUE JE N'ARRIVE MÊME PLUS À RÉFLÉCHIR ...
ET MOI, J'AI FROID !
70
44

OH, MON DIEU! NON... CE N'EST PAS VRAI !...
ON DIRAIT QUE SI...
... ET AUSSI QUE RUSS NE S'EST PAS LAISSÉ FAIRE...
MARTIN A DISPARU! OH, SAM, ILS L'ONT'... ...
ATTENDS ...
MERDE !
MARTIN !
Tu veux les revoir vivants? appelle le no que tu trouveras dans ta boîte mail
SAM!... CE SONT DES SAUVAGES ! IL... IL FAUT ALLER VOIR LA POLICE ! JE...
NON.
MAIS POUR EN FAIRE QUOI!? TU TE CROIS VRAIMENT DE TAILLE À AFFRONTER CE KITTRELL ?!
SAM, JE T'EN PRIE...
APRÈS CE QUI S'EST PASSÉ CETTE NUIT, ILS ME COLLERONT AU TROU LE TEMPS DE VÉRIFIER MA VERSION DES FAITS. ET ÇA, IL N'EN EST PAS QUESTION !... JE VEUX GARDER MA LIBERTÉ DE MOUVEMENT !...
... APPELLE-LE ...
MÊME PAS EN RÊVE! TANT QUE NOUS N'AURONS PAS NÉGOCIÉ, IL NE LEUR FERA RIEN. ET JE NE VEUX PAS QU'IL M'IMPOSE SES CONDITIONS... PRENDS TES FRINGUES DE RECHANGE. ON VA SE METTRE AU VERT.
C'EST DE LA FOLIE, SAM...
TU AS DONNÉ TOUT L'ARGENT QUI TE RESTAIT À CETTE FILLE... NOUS NE POURRONS MÊME PAS UTILISER NOS CARTES DE CRÉDIT SANS ÊTRE REPÉRÉS...
ON LES LAISSE ICI AVEC LES PORTABLES...
...IL Y A 500 EUROS DANS LE COFFRE... ÇA SUFFIRA POUR L'INSTANT.
J'AI L'IMPRESSION DE FAIRE UNE GROSSE BÊTISE, SAM.
TOUT CE QUE JE SAIS, C'EST QUE DANS UNE HEURE LE COIN VA GROUILLER DE FLICS.

Scénario – Dessin – Couleur
Philippe Jarbinet

**FIN**
**de l'épisode.**

La suite dans :

« **ROUGE COMBAT** ».

46